訳あって、
あやかしの子育て始めます

朝比奈希夜 Kiyo Asahina

アルファポリス文庫

https://www.alphapolis.co.jp/

目次

序章

黒い雲が一面に立ち込める空にはすさまじい旋風（せんぷう）が起こり、あたりは暗闇に包まれる。厚い雲の間から空を切り裂くように閃光（せんこう）が走り、ドォンという大きな音が耳をつんざいた。

激しい雨とともに大地には水が氾濫（はんらん）し、今にも沈みそうな高台に残された親子と思われる四人を男が見つけた。

「ここだ。手を伸ばせ」

男は、つい数時間前まで平地だったところに突然押し寄せた濁流（だくりゅう）に片脚を突っ込み、高台の対岸（たいがん）にある大木を片手でつかんで、もう片方の手を差し出す。

「あなたひとりでは無理だ。せめて、この子たちだけでも」

体中に切り傷を負い血を流す父親が、泣きじゃくる双子らしき男女を次々と男に渡した。

「元気で……生きるのよ」

片腕をなくして鮮血が噴き出している母親が、血の気のない顔で最期(さいご)の力を振り絞るように叫んだ。

「あなたも行って」

「私はお前とともにある」

母に急(せ)かされた父が、別れの言葉を拒否して母を腕にしっかり抱く。双子を託(たく)された男は、無念の思いでそれを見ていることしかできなかった。

「子供たちを、お願いします」

悔しそうに唇を噛(か)みしめて大粒の涙を流す父は、母をしっかりと抱きしめたまま、濁流にのみ込まれていく。

「くそっ」

双子にその光景を見せまいと両腕で強く抱きしめる男は、無力感とやりきれなさに胸を占領されて顔をゆがめる。

あやかし界の頂点に君臨するはずだった男は、この子供たちとともに必ず生き延びてみせると覚悟を決めたのだった。

第一章　子供たちに拾われました

「どうか……どうか当たりますように」

　風薫る五月の月曜日。

　就職活動の面接帰りの山科美空（やましなみそら）は、暗くなった公園で空を見上げて両手を合わせていた。神さまに願っているのだ。もちろん、本当に神さまが空の上にいるかどうかは定かではない。

　今日は初めて一口だけ購入した数字選択式宝くじの抽選日。スマホの画面に映し出される抽選の模様を見守る美空の心臓は、これまでにないほどバクバクと大きな音を立てていた。今まで仕組みすら知らなかったのだが、立会人の前でボールがぐるぐる回る機械に目が釘（くぎ）づけになる。

　美空は『お願い、次こそ来て！』と心の中で叫んだ。

　次々と発表される数字は美空の選んだそれとは異なり、若干、いや思いきり眉間にしわが寄っていく。

申し込んだ数字六つのうち三つ同じだと最下位の五等で千円。しかし三つめが発表された今、ひとつもかすっていないため、次が外れると紙屑となる。

キャリーオーバー中の一等、約三億を狙って購入したはずなのに、たった数分で『千円でもいいですから!』となるのがギャンブルの恐ろしいところだ。

『二十六です』

「嘘……」

スマホ相手に大声を出してがっくり肩を落とす。外れが決定した瞬間だった。

「あぁ、二百円が……」

美空は長い髪に手を入れて頭を抱え、途方に暮れる。

たった二百円と言われればそれまでだが、今の美空にとっては大金だ。

実はひと月ほど前に勤めていた旅行代理店が倒産し、会社が借り上げて寮にしていたワンルームマンションで生活していた美空は住居を失ったのだ。

社長と従業員が四人だけという小さな会社だったものの、『旅行を通して、お客さまの幸せな時間を演出したいんだ』という社長の熱い信念に共感し、短大を卒業してから五年、必死に働いてきた。

幼い頃に母を亡くし、二年前に父まで天に召されたときには、社長も一緒に泣いてくれた。そして仕事に没頭して悲しみを紛らわそうとしていた頃、『頑張りすぎだぞ。君が倒れたらお父さんが悲しまれる』と優しい声かけをしてくれたのを、美空はずっと感謝していた。同業他社に比べて給料はかなり安く、生活はギリギリだったものの、社長についていくと決めていたのだ。

それなのに、人格者だとばかり思っていたその社長が、長年にわたり会社の金を横領していたのが発覚。どうやら給料が安かったのは、売り上げの多くが社長の懐に入っていたからのようだ。美空たち社員にはうまいことを言って、ずっと裏切り続けていたのだ。

社長は横領が明るみに出たのと同時に雲隠れ。取引先からの信用も失い、資金繰りがどうにもならなくなった会社が倒産に至るのは当然だった。

未払いの給料が支払われる目途などない上、会社が寮の家賃を滞納していたこともあきらかに。『本当に困ってるの』と涙目になる大家に同情した美空は、コツコツ貯めていた貯金から四カ月分の家賃を全額支払った。

さらには、給与明細に雇用保険の記載があったにもかかわらず、会社が加入を怠っていたことまで発覚して、失業手当すらもらえないありさま。かなりのブラック企業だったことに今さら気づいても遅かった。

無職になってしまったせいで次の住居が決まらず、安いビジネスホテルやネットカフェを転々とする毎日。就職活動にもなにかとお金がかかり、あっという間に貯金の残高がわずかになってしまった。

ここは一攫千金しかない！とほとんどやけっぱちでくじに手を出したのだが、いきなり一等が当たるほど世の中は甘くない。

そのとき、打ちひしがれる美空のスマホに、メールが着信した。

「またお祈りだ」

先日、面接に行った会社からのお祈りメール——不採用通知だった。どうやら住所不定であるのと、天涯孤独で身元保証人がいないのがネックらしく、アルバイトですらなかなか採用に至らない。

悪いことは重なるもので、脱力してしまった。

「どうしよう……」

スマホを売るべきだろうか。でも電話がなくなったら、就職活動はさらに難しくなる。人生最大のピンチに涙目になるのを抑えられない。

「大丈夫。なるようになる！」

　まったくそんな気はしないけれど、美空はわざと声を張り上げて自分に言い聞かせる。

　なんとかなるというよりは、なんとかするしかない。

　といっても……最後の望みだったくじが外れてしまった今、ネットカフェに寝泊まりする余裕もない。それどころか、節約のために一昨日からなにも食べておらず、視界がふわふわして焦点が定まらなくなってきた。もう限界が近い。

「神さま、父と母のところに連れていってください」

　必死に自分を奮い立たせてきたけれど、信頼を寄せていた社長に裏切られていたことを悟った時点で、本当は心がぽっきり折れている。

　両親ともに先立たれて、人生順風満帆（まんぱん）というわけではなかった。泣き明かした夜も数知れず。でも、真面目に生きていればそのうちいいことがあると信じてこれまで歩いてきたのに、ひとつもない。

　ずっと我慢していた涙がホロリとこぼれてしまい、慌てて拭う。

　そのとき、公園に隣接する家の庭の石楠花（しゃくなげ）が白い花を競うように咲かせているのが視界に入った。

「高嶺の花、か……」

たしか石楠花は、もともと高山に咲く花であり採集するのに危険を伴うことから、簡単に手に入らない意味を示す〝高嶺の花〟と言われているはずだ。

私も一度くらいそんなふうにちやほやされてみたかった。幸せになりたかった。

美空はそんな言葉を呑み込んで空を見上げる。

「あっ」

空に瞬く星が見えたと思ったら目の前が真っ暗になり、全身の力が抜けて倒れ込んでしまった。

――私、このまま死ぬんだ、きっと。

美空は意識が遠のくのを感じながら、そんなことを考える。

「どうちたのー?」

「ねんね?」

「死んじゃった?」

「つんつんしゅる?」

どこからか舌足らずなかわいらしい声が聞こえてきたものの、まぶたが重くて開かない。

それから美空の記憶はぷっつりと途絶えた。

「ん？」

次に目覚めたときには、布団に寝かされていた。

「天国？」

美空はひどく焦ったものの、目に飛び込んできたのは格天井。天国ではなさそうだ。

ゆっくり起き上がると、枕元にもうすっかり冷めた日本茶が入った湯呑が用意されている。

喉がカラカラに渇いていた美空は、ありがたくそれを口に運んだ。

「はー、おいしい」

やはり生きているようだ。少し薄めのそのお茶が、食道を通って胃に落ちていくのがわかる。

それにしても、ここはどこなのだろう。この風情ある和室は旅館の一室のようにも思えるけれど、もしそうであればとても困る。宿泊代なんて払えないからだ。

昨日はどうしたのかと、美空は必死に記憶を手繰り寄せた。

六畳の部屋の片隅に置いてある姿見に映ったのは、就活用の白いシャツに紺のタイトスカート姿の自分。胸のあたりまであるストレートの髪をひとつに束ねてあったはずだけれど、解かれていた。

ひどく疲れた顔を見て、次第に記憶がよみがえってくる。

「外れたんだ」

最後の望みのくじも外れて、お祈りメールまで届いて……。

絶望的な自分の状況に頭が痛くなってくる。

「公園で……」

空を見上げた瞬間、目の前が真っ暗になって倒れたような。そのとき、なにか声を聞いた気もするけれどよく思い出せない。

窓から外を覗(のぞ)くと、ここは二階らしい。階下で物音がしたので障子を開けると、ドタバタと走り回るような足音が聞こえてくる。

「あのー」

誰かが倒れていた自分を助けてくれたのかもしれないと思った美空は、思いきって声をかけた。しかし、返事は聞こえてこない。

髪を大雑把(おおざっぱ)にひとつにまとめ、部屋の片隅にかけてあったジャケットを羽織り、バッグを手に障子を開ける。そして年季の入った黒茶色の廊下を、階段に向かって歩いていった。

部屋の造りからして旅館ではないようだが、随分広い。

「すみません」

階段を下りる前にもう一度声をかける。すると「あっち行ってろ」という男性の声がしてビクッと震えた。でも、自分に言われているわけではなさそうだ。

おそるおそる足を踏み出すと、年の頃、二十代後半くらいだろうか。着物姿の背の高い青年が階下に姿を現した。

男は、長めの前髪から覗く切れ長の目で美空を見つめて、口を開く。

「起きたのか？」

「は、はい。助けてくださったんですね。ありがとうございました」

美空はその場で深々と頭を下げたものの、階段の上からでは失礼だと思い直して足を踏み出した。

「あっ……！」

それなのに、どうやら本調子ではないらしい。脚の力がガクッと抜けてしまい、転がり落ちそうになる。

目をギュッとつぶって体が打ちつけられるのを覚悟したのに、まったく痛くない。

「危ないな。気をつけろ」

叱り声が耳に届いてまぶたを開くと、さっきまで階下にいたはずの男が体を受け止めてくれていた。よろけもせず美空を抱える男の怪力に驚き、瞬きを繰り返す。

「す、すみません」

「とにかく下りるぞ」

「えっ、ちょっ……」

肩でも貸してくれるのかと思いきや、美空を俵のように軽々と担いだその男は、軽快に階段を下りていく。そして、近くの和室に入った。

「嘘だろ……」

なにが嘘なのだろう。

男が漏らしたひと言に首を傾げる美空だったが、ようやく下ろしてもらえてホッとした。

八畳のその部屋の窓際には、かわいらしい四体の人形が並んでいる。

右から男、女、男、男。少し丈の足りない着物を纏ったその四体は、人間でいえば二、三歳くらいの大きさで、人形にしては大きめだ。どの人形も頬がみずみずしく、寄っていって触りたいくらいだった。

右端の男の子はサラサラの長めの髪が印象的。濃紺の地に白の井桁模様が入った着物を纏っている。

　その隣のぱっつん前髪で肩下十センチほどの艶のある黒髪を持つ女の子は、まつげが長くてうらやましいくらいだ。どことなく右隣の男の子と顔立ちが似ていて、纏う着物は薄紅梅色に同じく白の井桁模様が入ったもの。きっと双子の人形なのだろう。

　そのまた隣は、目がくりくりでくせ毛の男の子。花浅葱色の矢絣の着物が似合っている。

　そして最後のひとりは、髪は短めで一番大人びた顔立ちをしている。瑠璃紺色の無地の着物を纏い、落ち着いた雰囲気を醸し出していた。

　なぜかため息をつく男に促された美空は四体の人形を背にして座布団に正座し、ピンと背筋を伸ばした。

　彼は座卓を挟んで向かいに座る。背は高いものの細身で、とても美空を軽々抱えられる力があるようには見えないけれど、鍛えているのかもしれない。

　値踏みするように美空をじっと見つめる男は、凛々しい眉に黒目がちな目、そして高い鼻を持っている。あまりに整っていて隙がない。さらには、今時珍しい鉄紺色の着物姿。しかも前下がり気味に締めた帯や、襟元が少し乱れているのに着崩れているわけでもないその姿から、着物を着慣れているように感じた。

芸術家かなにかだろうか。

沈黙が苦しくて口を開こうとしたそのとき、黒猫が障子を頭でこじ開けて入ってきた。毛並みがよく上品さを漂わせるその猫は、男の横にチョコンと座って美空をじっと観察しているようだ。

「昨日は助けていただいたんでしょうか？　ありがとうございました」

「気にしなくていい。随分顔色が悪いけど、食べてないのか？」

たしかに、〝げっそり〟という言葉が浮かぶくらい血色がない顔が、先ほど鏡に映っていた。

「事情がありまして、三日ほど前から……」

正直に答えると、黒猫がタタッと部屋を出ていった。そしてすぐに戻ってきたと思ったら、なんと食パンが一枚だけ入っている袋を咥えて引きずっている。

「えっ？」

まるで人間の会話を理解しているかのような猫の行動に目を丸くした。

「今、これくらいしかなくて。よかったら。あぁ、カップ麺ならある――」

「十分です。ありがとうございます」

ありがたい配慮に喜んだ美空だったが、客に食パンをいきなり出すのもなかなか珍しい。特に高級食パンというわけでもなく、スーパーでよく特売になっている普通のパンなのだ。とはいえ、空腹を通り越してお腹が痛いくらいの美空にはありがたく、袋を開けてパンを口に入れた。

「おいしい」

食パンがこんなにおいしいものだったとは。バターはおろか焼いてもいない食パンを食べて涙が出そうになるなんて、美空は自分に驚いていた。

「なんでそんなに腹を空かしてるんだ？」

「実は……」

パンを半分くらい胃に送ったところで、会社が倒産して住居を失い、一文無しになりそうなことを男に打ち明けた。ただ、くじに外れたことだけは黙っておく。

「なるほど」

話をひと通り聞いて腕を組む男の目がなぜか突然輝いたように見えるのは、気のせいだろうか。

「住むところもなくて、仕事も決まらないと」

「はい」

美空は自分のピンチを改めて認識してうつむいた。

「住み込みの家政婦はどうだ？」

「そんな仕事があるんですか⁉」

どん底まで落ち込んだ気持ちが一転、急速に持ち上がっていく。

住み込みなら家賃もいらないからだ。

「あぁ、ここの」

「ここ？」

「料理や掃除、あとは洗濯をしてくれる人を探している。できる？」

紹介してくれるのかと思いきや、この屋敷の仕事らしい。

「はい。実は幼い頃に母を亡くして、家事は私が担当していましたので得意です」

得意だと言いきってもいいのか迷ったものの、ここは採用してもらうために自分を大きく見せなければと笑顔で話す。

「亡くなったのか？」

家事について聞かれるかと思いきや、母の話題に触れられて少し意外だ。

「はい。小学校四年生のときに病気で。そのあとは父とふたりで暮らしていたのですが、その父も二年前にこれまた病気で」

母が亡くなったときはまだ幼かったため、しばらく泣き続けて学校にも行けなかった。しかし、家事など一切したことがなかった父が、おろおろしながら食事を作ったり洗濯物を干したりしているのを見て、泣いてばかりいないで手伝わなければと奮起して、なんとか立ち直れたのだ。

もちろん、母がいない生活に慣れなくて何度も涙はこぼれたけれど、生きていくのに必死だった。

苦楽をともにした父が亡くなったときは悲しいのに涙が流れず、少しおかしくなってしまった。ひたすら仕事に没頭して息をするのも忘れるように働き、倒れるように眠る毎日。あれはきっと現実逃避の一環だった。

あのとき仕事がなければ正気を保てなかったと思っている美空は、少々給料が安くても、支払いが遅れても会社を辞めずにいたのに、信じていた社長にあっさり逃げられたという最悪の経験をしたばかりだ。

「何歳？」

「二十五です」

「へぇ、その歳にして見事に不幸を背負い込んでるな」

「不幸なんかじゃ……」

『ない』と断言したかったのに口から出てこなかった。

両親が亡くなり、必死に働いていた会社は倒産し、貯金はもう底をつきそうだ。今の自分が幸福だとは言い難い。

不幸というレッテルを貼られるのが嫌で、不幸ではないと証明してみせようと思案したけれど、なにひとつ言葉が浮かばない。絵に描いたように不幸一直線だ。

「まあ、その話はいい。家事が得意なのは助かる」

どんどん話が進んでいくのが少し不安だった。悪いこと続きだったからか、こんな簡単に仕事が転がり込んでくるなんて、なにか裏があるのではと警戒してしまうのだ。

「ほかにご家族はいらっしゃらないのですか？」

「うーん、まあ……。それで名前は？」

男はなぜか家族について濁す。

「山科美空です」

「山科美空ね。俺は羅刹（らせつ）」

羅刹とはまた変わった名前だ。芸術家の雅号（がごう）だろうか。

そんなことを考えていると、ずっと部屋の片隅で丸くなっていた黒猫が突然むくっと起き上がった。それと同時に、美空に視線を送る羅刹の顔が険しくなる。

なにか気に障るような発言をしたのかと、背筋にツーッと冷たいものが走った。

「チッ」

舌打ちまでする羅刹は、鼻息を荒くする。どうやら本格的に怒っているらしい。

でも、なぜ怒っているのかまったく心当たりがなく、おろおろするばかりだ。

そのとき、背後でゴトッと大きな音がして、羅刹が思いきり大きなため息をつく。

なにが起こったのか理解できない美空は、振り向きたいけれど振り向いてはいけないような妙な緊張感と闘っていた。

「いーたーいー！」

「ちょっとぶつかっただけらもん！」

一体何事だろう。自分たち以外は誰もいないはずの部屋に舌足らずな声が飛び交い始め、さすがに振り向かざるを得ない。

「え⁉」

美空が大声をあげたのは、人形だと思っていたあの四体、いや四人が動いているからだ。

双子だろうふたりが押し合いをし、その隣の男の子にぶつかると、男の子が押し返している。一番大人びた雰囲気の左端の男の子は、その場に座り込んで三人の様子を観察していた。

「あぁっ、もう！　だから奥の部屋に行ってろと言っただろ。いつも三分もじっとしてられないくせして」

柔らかそうな髪に手を入れてグシャッとかきむしりながらあきれ声で言う羅刹は、立ち上がった。

「お返し！」

「やぁだーぁ」

女の子が右端の男の子に体当たりすると、男の子は半べそをかいている。そこにくせ毛の男の子まで参戦して、もみ合いになってしまった。

ただ、先ほどから座って三人の様子を観察している男の子は、なにが楽しいのかキャッキャッと声を弾ませてパチパチと手まで叩きだす。

「うるさいな。いい加減にしろ！」

小競り合い（こぜりあい）を続ける三人のところに歩み寄った羅刹は、双子の男の子を片手で軽々と抱き上げて女の子から引き離した。

「この、じゃじゃ馬！」

そのあと、くせ毛の男の子に体当たりしようとする女の子に冷たい声を浴びせて、着物を引っ張って止めた。

「お前も座れ！」

楽しそうだから参加してみたという雰囲気のくせ毛の男の子もビシッと叱られ、意気消沈。短髪の男の子だけは平和ににこにこ笑っている。

ようやく小競り合いが収まってホッとした美空は、人形だと思っていた彼らが動いたことに、今さらながらに腰を抜かしそうになった。

「人形じゃないの？」

「随分反応が遅いな」

羅刹に鼻で笑われたが、言い返す言葉もない。突然始まったケンカに呆気に取られていて、驚くのを忘れていたからだ。

「バレたなら仕方ない。こいつらの面倒も見てほしい。むしろそっちがメイン」

「えぇっ」

美空の顔が引きつった。家事は得意だけれど、子育ては未経験だからだ。

そういえば、昨晩倒れる間際に子供の声が聞こえたような。昨日助けてくれたのはこの子たちなのかも。

「お母さまは？」

おそらく羅刹の子だろうけど、母親らしき姿が見えない。

「そんなものいない」

「は？」

自分の子を産んでくれた女性に対して〝そんなもの〟とは。女を敵に回すような発言に腹が立つ。この調子では逃げられたのかもしれない。

それにしても、年子なのか、さほど歳が変わらないように見える四人に首をひねる。もしや母親が違うのかもしれないと察したものの、尋ねる度胸はなかった。

「だから面倒を見ろと言っているんだ」

羅刹の偉そうな態度が信じられない。いつもこうだったとしたら、パートナーも逃げるに違いない。ただ、こんな父親のもとにかわいい子供たちを置いていったのだけは腑に落ちなかった。どうしてもまともに子育てできそうに見えないからだ。

「二階の部屋で寝泊まりしていい。必要なものがあればあとで金を渡すからそれでそろえろ。給料はいくら欲しいんだ？」

いくら欲しいと聞かれたのは初めてだ。

ここはなんと答えれば正解なのだろう。今までの給料と同じくらいの金額を伝えるべきか。いや、かなりの安月給だったしもう少し欲しいところだ。かといって、あまりに法外な金額を口にしても採用を取り消されるかもしれないし……。

それ以前に、四人もの子育てなんてできるわけがない。住み込みの仕事は魅力的だけれど、断るべきだ。

うつむいてあれこれ葛藤（かっとう）していると、強い視線を感じた。おそるおそる顔を上げていくと、羅刹にとんでもなく冷たい目で見られているのに気づいて、冷や汗が出る。

「トリップ癖（ぐせ）でもある？　大丈夫？」

自分の頭をトントンと指でつく羅刹は完全にあきれていた。

「大丈夫、かと……」

人生の大きな岐路に立っているのだから、少し時間が欲しい。

美空は、子供たちに目を向けた。

羅刹に叱られて一旦はしゅんとした子供たちだが、もう立ち直った様子だ。叱られた三人が並んで寝転び、畳の上をゴロゴロ転がりだした。短髪の男の子は相変わらず観察を続けていて、にこにこ笑っている。あの子はものすごくマイペースらしい。

「それで、いくら欲しいって？」

「あっ、あの……大変申し訳ないのですが、家事はできますけど子育てはちょっと。このたびは助けていただいてありがとうございました」

あれこれ考えて、子育ては無理だという結論に達した。

困り果てているのに、自分から仕事を断る羽目になるとは思ってもいなかった美空の心は、どんよりと曇った空のように晴れない。家政婦として雇ってもらえれば、しばらくは生きていけると意気込んでいただけに、落胆の色は隠せなかった。

「は？ このまま帰すわけないだろ」

これは、とんでもなくブラックなにおいがする。もう二度と痛い目には遭いたくない。やはりやめておくべきだ。

「申し訳ありません。できま――」

――グゥゥゥゥゥ！

きっぱり断りを入れようとした美空の耳に、大きな音が届いた。

――ギュルギュル。

――グゥゥ。

子供たちのお腹が次々と鳴っているのだ。こんなに連鎖するものなのかどうかはわからなかったが、同じ時間に朝食を食べているのだから、同じようにお腹が減ってもおかしくはないと無理やり納得した。

「お腹しゅいた！」

「しゅいた！」

お腹が鳴ったから気がついたというような様子でいきなり立ち上がった子供たちは、くりくりの目を輝かせて羅刹を見上げている。

なんだろう、このかわいさ。先ほどみたいにケンカが始まると収拾がつかないけれど、黒目がちな目で羅刹に視線を送るさまは、とてつもなくかわいい。しかも珍しい着物姿だというのもポイントが高い。

「はー？　さっき食っただろ」

「ごはん食べゆ！」

マイペースな短髪くんが一番大きな声で羅刹に迫る。食いしん坊なのだろうか。

「朝、食パンかじっただろ。最後の一枚は美空が食ったからもうないぞ」

羅刹の言葉に固まる。

そんなに貴重な一枚だったとは露ほども思わず、あっさり胃の中に収めてしまった美空は激しく後悔していた。

「やーだーぁ」

女の子が羅刹の長い脚に飛びつき、頬をすり寄せて甘えている。

この歳にして男の落とし方を知っているかのようなこの子の将来が末恐ろしいと思いつつ、このどさくさに紛れて帰ってしまおうとひらめいた。

をついている。

そーっとあとずさると、「あぁっ、もう！」と頭を抱える羅刹が難しい顔でため息

美空が心の中で『頑張って』と声をかけて部屋を出ようとした瞬間、あの黒猫が逃

がさないとばかりに脚にまとわりついてきた。

おとなしくしててと祈るような気持ちで黒猫を見つめたのに、ニャーンと鳴かれて

焦る。たちまち羅刹に気づかれて、ギロリとにらまれてしまった。

彼はなにも言わなかったけれど、『お前だけ逃げるつもりじゃないだろうな』とい

う無言の圧力を感じる。

「しょうがないな、いつものカップ麺ならあるぞ。それでいいな」

「はぁっ⁉」

大きな声を出したのは子供たちではなく美空だ。こんなに幼い子にカップ麺で我慢

させるのが信じられない上、〝いつもの〟というのが引っかかったのだ。

「なんだよ」

美空の声に反応した羅刹は、けだるそうな声をあげる。

「いつもカップ麺を食べさせてるんですか？」

「うまいだろ、あれ。昨日はカレー味食ったな」

「昨日も？」

卒倒しそうなのをこらえて、続ける。

「あなたはよくても、子供たちはこれから体を作っていくんです。たまにならいいでしょうけど、塩分も高いし栄養も偏ります。いつもカップ麺だなんてありえません！」

子育て経験のない美空には、カップ麺を何歳から食べさせてもよいのか知る由もないけれど、さすがに毎日はよくないことくらいわかる。

「作れないから仕方ないだろ」

「食パンはどうやって食べたんですか？」

「そのままかじってたけど？」

羅刹の答えに美空は額に手を当ててため息をついた。ひどすぎる食生活だ。

だから家政婦が必要なのかと腑に落ちたものの、それを自分が引き受ける自信はない。ただ、グゥグゥお腹が鳴りっぱなしの子供たちが不憫になった。それに、なけなしの食パンを食べてしまったという罪悪感もある。

「昼食だけ作ります」

「おっ、サンキュ」

羅刹はしてやったりというような顔で笑う。

「台所どこですか？」

「こっち」

羅刹が部屋を出ていくのについていくと、見事に散らかった台所にたどり着いた。

四畳半ほどの広さの台所の隣には、畳敷きの八畳の茶の間がある。茶の間の真ん中には無垢材で作られた大きめの座卓がひとつ。ところどころ傷があって年季が入っているが、よいものなのかまだまだ使えそうだ。

「なにこれ、汚っ」

失礼だけど言わずにはいられない。台所のシンクには、カップ麺の空の容器がそのまま置かれてあるし、ごみの袋は山になっていて、お米も散乱している。

「お腹しゅいたー」

「しゅいたー」

ぞろぞろついてきた四人が、必死に背伸びをして冷蔵庫を開けようとしている。それを見た美空は、ドアを開けた。

「は……」

両開きの冷蔵庫は随分立派なサイズなのに、食材はおろか飲み物すらない。

呆気にとられる美空は、冷凍庫と野菜室も開けてみた。

「電気代を食うだけのただの箱じゃない」

どこにもなにも入っていないのだ。

「買い物は疲れる。でも、カップ麺は買い置きしてあるぞ」

しゃあしゃあと台所の片隅に置いてある段ボール箱に手を伸ばす羅刹に、怒りがこみ上げてくる。

「ちょっと！　父親の自覚はないんですか！　あなたにはこの子たちを育てる義務があるんですよ！」

もうすっかり家政婦の仕事を辞退するつもりの美空は、遠慮なしに言い放った。

「面倒くさいな」

仏頂面でつぶやく羅刹を見て、これは一種の虐待ではないだろうかと頭に血が上る。

「ごーはーん！」

羅刹に群がり食事を求める子供たちがかわいそうでたまらない。

「ちょっと待ってて。スーパー行ってくる」

とにかくなにか食べさせなくてはと思った美空は、そう言い残して屋敷を飛び出した。

近所にあった小さなスーパーに一直線。店頭でカゴを手にして、早速中に入った。

「あのサイズだと三歳くらいよね。なに食べるんだろ？」

子供のいない美空には、さっぱりわからない。仕方なくスマホで調べ始めた。

「無理でしょ、こんな……」

【三歳　食事】と検索すると、かわいらしく盛り付けられた料理の画像が並んでいて顔が引きつる。

「よそいきよね、これ……」

こんな凝った盛り付けを毎回していたら、お母さんが倒れそうだ。

三歳くらいなら味付けに気を配れば大人と同じものが食べられると知った美空は、食材を手に取って吟味し始めた。

「うーん。お米はあったよね」

カップ麺を平気で与える羅刹が父親では、ろくなものを食べさせてもらっていないに違いない。栄養について学んだことはないけれど、野菜をたくさん食べさせたほうがいいと思い、ニンジンや玉ねぎ、赤ピーマンなどをカゴに入れていく。野菜を混ぜ込んだハンバーグを作ることにしたのだ。

「やった、特売！」

合いびき肉が百グラム九十九円の特売デーだと知り、テンションが上がる。

「あっ……」

肉のパックを手にしてから気がついた。ここの精算はどうすればいいのだろう。

財布の中には千円札と小銭だけ。クレジットカードは持っているものの、肝心の貯金残高が寂しい限りだ。

美空は一旦肉のパックを戻そうとした。

ふと、このまま逃げれば……と考えたものの、競うようにお腹を鳴らしていた子供たちの顔が頭に浮かんですぐさま打ち消す。

「いやいや……」

食材を調達して戻らなければ、あの子たちはカップ麺確定だ。

給料はいくらがいいか聞くくらいだし、適当ぶりが目立つ羅刹もお金は持っていそうだ。帰って請求すればいい。

そう思った美空は、スマホの計算機を使って、今ある現金で買えるギリギリの食材を購入してお屋敷に向かった。

飛び出したときは慌てていたので気づかなかったが、このお屋敷、とてつもなく大きい。切妻（きりづま）屋根の数寄屋（すきや）門からは年月を感じられるけれど、風格があって美空好みだ。

漆喰塀（しっくいへい）の向こうの広い庭にある杏子（あんず）らしき木には、まだ青く熟（う）れていない実がなっている。

情緒漂うこの屋敷に、若い羅刹と四人の子供たちというのがミスマッチな気もするが、親から相続したということも考えられる。

玄関まで続く石畳を歩いていくと、子供たちが縁側に座ってなにやらむしゃむしゃ食べているのに気づいた。

「なに食べてるの？」

またよからぬものを羅刹にもらったのではないかと勘ぐった美空が庭を横切って駆けつけると、そろって煮干しをむしゃくしゃ咀嚼(そしゃく)していた。

「あるんじゃない」

体によさそうなものも置いてあるとは。

どこかの幼稚園では、カルシウムを摂らせるために給食のときに必ず煮干しを食べさせると聞いた。まあ、羅刹がそこまで考えて与えているとは思えないけれど。

それにしても、食べ物を与えられているときはおとなしい。子供ってそういうものか。

ほっこりする光景を見た美空は、台所に向かった。

「あー、やる気なくなる」

散らかった台所にため息が漏れる。

とにかくハンバーグを作らなければ。

調理道具はそろっていたため、それらをきれいに洗い直してから野菜をみじん切りにし始めた。

「おかえり」

美空がお肉をこねだすと、羅刹が顔を出した。

「あのっ、お財布すっからかんなので、お代は払ってくださいね」

「いいけど？」

羅刹のどこか偉そうな物言いが癪に障る。ただ、払ってもらえないのは困るので、そこは『ありがとう』とか『悪かったね』でしょう？という小言は呑み込んでおいた。

羅刹は一度台所から出ていったがすぐに戻ってきて、一万円札をテーブルに置く。

「足りる？」

「えっ、こんなに？　いただきすぎです」

しめて千二百八十六円。お肉の大パックが買えず、かさ増しするために豆腐に切り替えたのだが、こんなことならお金を預かってから行くべきだったと後悔した。

「まあいいわ。腹減った」

羅刹は興味なさそうに一万円札を置いたまま出ていってしまう。

「まあいいって？」

二百円のくじが外れて、この世の終わりだと絶望した自分と比べて、一万円をポンと支払える羅刹をうらやましく思う。

どうやらお金には無頓着らしい。こういう人に限って、あればあるだけ使ってしまい借金まみれなんてこともありそうだ。とはいえ、この大きなお屋敷に住み、家政婦を雇う余裕があるのだから、自分みたいにお金に困っているとは考えにくい。

なんの仕事をしているのだろう。どこか横柄で社会的適応力があまりなさそうな羅刹が、営業マンをしている姿はまったく浮かばない。あの風貌からして芸術家だと予測したけれど、有名な絵描きだとか漫画家だったりして。

美空の妄想は尽きない。

しかしゆっくり考えている暇もなく、そのうち子供たちの足音が響き始めた。煮干しを食べ終わったのだ。

ぐずりだす前に料理を作らないと、また大騒動になりそうだ。

美空は慌てて調理に取りかかった。

それから二十分。

いつの間にやら子供たちが美空の周りをうろついている。ハンバーグを焼き始めた匂いで気づいたようだ。

「危ないからあんまり近くに来たらダメよ。ちょっ……ほら、作れないから！」

フライパンの中を見たい子は置かれてあったイスに上り、もうひとりは美空のスカートを引っ張り……。さらには、冷蔵庫のドアを開けようと悪戦苦闘。極めつけはごみ箱をひっくり返した。

「あああー、嘘！」

こういうとき、世のお母さんたちはどうしているのだろうか。

美空は泡を噴きそうだった。

「そこ、ごみ箱に入らない！」

一旦コンロの火を消した美空は、子供たちを台所から追い出すことにした。このままでは、いつまで経っても食事が完成しないからだ。

「羅刹さん！」

羅刹はどこに行ったのだろう。こんなときくらい子守りをしてくれないと困ると声を張り上げると、「なに？」とけだるい返事をしながらやってきた。

「もう少しでできますから、この子たちの面倒見てください」

「はぁ、面倒くさいな」

美空は『あなたの子でしょ！』と心の中で反発しながらも、にっこり笑顔を作る。

「そうですか。羅刹さんはお食事いらないんですね」

「いるに決まってるだろ」

チッと軽く舌打ちした羅刹は、仕方なさそうに「お前ら行くぞ」と四人を引き連れて出ていった。

「父親の自覚はないの？　家政婦雇ったって、あなたが父親よ！」

羅刹に面と向かって言えない文句をぶつくさつぶやきながら、美空は再びコンロの火をつけた。

ハンバーグに火が通るまでに、ひっくり返されたごみ箱を片付け、茶の間の座卓をきれいに拭く。

焼き上がったハンバーグと切ったトマト、そしてご飯とコーンスープをひとり分ずつ座卓に並べたあと、「できましたよー」と大声で叫ぶ。

すると、どこから湧いてきたのかと思うほどすさまじい速さで、子供たちが茶の間に集結した。

「ごはん！」

「食べりゅー！」

目を輝かせて興奮気味の子供たちは、やはりろくなものを食べさせてもらっていないのかもしれない。

「待った！」

四人が我先にとハンバーグに手を伸ばすので、慌てて止めた。

「手を洗ってから」

「食べりゅの！」

「洗わない子にはあげません。ほら」

促すと、四人は台所のシンクにすっ飛んでいく。

「押さないでぇ」

「僕が先ぃー」

今度は順番の取り合いが始まった。

「ケンカしてると全部食うぞ」

美空が困り果てていると、いつの間にかやってきて、素知らぬ顔で座布団に座っている羅刹が言う。

「食べちゃやー」

「順番こ」

羅刹のひと言が効いたようで、四人はぴったりくっついて並ぶ。蛇口に手が届かないため抱き上げ、順に手を洗わせた。かわいいけれど、もうすでにへとへとだ。

「そこのタオルで拭いて。皆そろったらいただきますだからね！　そろう前に食べたらあげないから」

先に手を洗って茶の間に戻った子に注意すると、キラキラ目を輝かせてハンバーグを見つめたまま微動だにしない。おいしくできたはずだけど、ここまで期待されるとなんとなく自信がなくなっていく。

座卓の両側に子供たちがふたりずつ。端に羅刹と美空が座り、食事の開始だ。

全員が座ったのを見て、美空は両手を合わせた。

「はい、皆で」

するとと四人は不思議そうに美空を見たあと、同じように手を合わせる。そろった動作が愛くるしい。

「いただきます」

「いたらきましゅ」

そう言い終わるより早く、子供たちはハンバーグに手を伸ばした。

「ちょっ、フォーク！」

台所で見つけた子供用フォークを並べておいたのだけど、全員迷わず手づかみだ。

「しょうがないか」

煮干しでごまかされ、待ちに待った昼食なのだ。今はなにを注意しても聞いてもらえそうにない。

けれども、全員満面の笑みを浮かべて食べ進めているのでホッとした。野菜が入っているのが気に食わなくて文句を言う子がいるかもしれないと心配していたのだ。

「これなんだ？」

子供たちの食べっぷりに驚いていると、羅刹がハンバーグに視線を送って怪訝（けげん）な顔をしている。

「豆腐ハンバーグです。お肉がちょっと足りなくて」

「そうじゃなくて」

「あ……」

羅刹が指さしたのは、ハンバーグの上のケチャップだった。ネットで盛り付けに凝ったハンバーグの画像を見て、せめてもと思いケチャップでハートマークを描いたのだけれど、うっかり羅刹のものまでハートにしてしまったのだ。

「そ、それは気にしないでください。あれです、勢い余ってというか……」

口に入れたら同じなのだから気にしないでほしい。

羅刹は納得したのか、ハンバーグを大きめに切って口に放り込んだ。

子供たちには気に入ってもらえたようだけど、彼の口には合うだろうか。

気になりすぎてちらちら見ていたが、期待していた『おいしい』のひと言もない。

「そういうキャラじゃないか」

「なんか言った？」

「いえっ、なんでも」

漏らした言葉を羅刹に拾われて焦る美空は、自分もハンバーグを食べ始める。

なかなかおいしくできている。最初に野菜によく火を通してシャキシャキ感をなくしておいたのは正解だったかも。

「ちょーっと！　ご飯はフォークにしようね」

そのうちご飯まで手づかみで食べ始めた子供たちに目を丸くして慌てたけれど、正面の羅刹は目もくれず黙々と食べている。

やっぱり家政婦は無理だ。羅刹が協力的ならまだしも、こんな大変な仕事、給料をいくらもらっても割りに合わない。

そのうち、騒がしい食卓に黒猫がやってきた。

「あっ、餌……」

猫のことまで気が回らず、なにも用意していない。

どうしようと考えていると、なにやら狙いを定めた様子の黒猫はピョンと華麗にジャンプして、羅刹の皿にあった食べかけのハンバーグを咥えて走りだす。

「お前、ちょっ、待て！」

不意をつかれた羅刹は、怒りをむき出しにして黒猫に手を伸ばしたが、するっと避けられて逃げられてしまった。

「あいつ……」

猫に人間の料理はよくないかもしれないと美空は心配していたが、ハンバーグを取られた羅刹はあからさまに眉をひそめる。

なにも話さなければ、着物姿に落ち着いた佇まい。成熟した大人の雰囲気を醸し出しているのに、まるで子供だ。

「スープこぼさないで！　って、無理か」

子供たちは皿からスープを飲むのは難しそうだと思い、カップに注いで冷ましておいた。それでも勢いよく飲みすぎて、口の端から漏れている。

ただ、四人もいるとあきらめるしかない。

それより……。

「あのー、半分食べます？　私が餌を忘れたのも悪いですし」

不機嫌な羅刹におそるおそる提案すると、ようやくこちらを見てくれた。

「そうだな。お前が餌を忘れたからだ」

余計なことを言ったようだ。彼は〝謙虚〟という言葉を知らないらしい。

「羅刹さんがあげればいいのに」

「お前、自分で忘れたって言っただろ」

「そうですけど！」

緊急事態だから昼食を作っただけで、家政婦を引き受けたわけではない。

腹が立った美空は、プイッと顔をそむけた。

気を取り直して食事を続けようとすると、いつの間にか美空の皿からハンバーグが消えている。

「えぇっ」

「くれるんだろ？　腹減ってるんだ」

「半分です、半分！」

　自分の皿にそれをのせた羅刹は、かすかに口角を上げてしたり顔。

「しょうがないな」

　持っていったのは羅刹のほうなのに、まるで美空が半分ねだったみたいな言い方をする。

　彼はハンバーグにフォークを大胆に刺して半分にし、美空の皿に戻した。

「うまいんじゃない？　これ」

「そ、そうですか」

　褒(ほ)めてくれたようだけど、だったら素直に『うまい』でいい。

「あの猫ちゃん、餌はなにがいいんですか？」

　猫の餌についての知識はないため尋ねた。

「ハンバーグでいい」

「えっ？　人間と同じものでは味が濃すぎるんじゃ……」

　詳しくは知らないけれど、そう聞いた覚えがある。

「あいつは特別だからそれでいい」

「はぁ……」

特別とはどういう意味だろうと、美空は首を傾げる。

けれども、子供たちのほうに視線を移した瞬間、そんなことはどうでもよくなった。

「あぁぁ、スープは手で食べないの。つかめないいんだから、飲むのよ？」

唯一の女の子が、スープのカップに手を突っ込んでいたのだ。

美空は慌ててティッシュで手を拭き、カップを女の子の口に持っていって飲ませた。

「真似しない！」

隣の双子の男の子まで手を突っ込みだしたものだから、くらくらする。

「真似するなら、正しい飲み方のほうにしてよ」

脱力する美空だったが、子供たちは楽しそうにキャキャッと笑い声をあげていた。


どの皿もあっという間に空になり、騒がしい食事の時間が終わった。

少し多めに炊いたご飯もすべて子供たちが食べつくし、食欲が底なしだと知った。

いや、ろくに食べさせてもらっていなかったからかもしれない。

「ま、いいか」

散らかり放題の座卓を片付けながら、美空はつぶやいた。これが最初で最後の昼食なのだ。気にすることはない。

お腹が満たされて満足したのか、庭から子供たちの楽しげな笑い声が聞こえてくる。

子供はこうでなくては。たくさん食べて、太陽の光を浴びながらたくさん遊ぶ。

美空は勝手な理想を思い描きながら自分の荷物を持ち、羅刹を捜した。

「羅刹さん、私はそろそろ失礼しますね」

姿が見えないため仕方なく家の奥に向かって声をかけると、彼は奥座敷から顔を出す。

「どこ行くんだ?」

「どこって……」

たしかに行く当てはないけれど、ここにいては危険だ。

「住み込みだと言っただろ?　あぁ、荷物持ってくるのか?」

どうやら本気で家政婦にするつもりらしいが、美空の心は決まっている。

やんちゃ盛りの子供四人と、無気力な若き当主ひとりの面倒を見るのはまっぴらごめんだ。

「すみません。助けていただいたことには感謝しています。でも、私では力不足だと思いますので――」

「あいつら、喜んで飯食ってただろ?　合格だ」

美空の言葉を遮る羅刹は近づいてくる。

「合格はうれしいです。でも、ちょーっと無理かなと……」

ちょっとどころか、絶対に無理だと断言できる。

「飯作れるだろ?」

「食事だけならいくらでも作れますけ――」

「それじゃ、夕飯もよろしく」

「待って!」

話を最後まで聞かずに踵(きびす)を返す羅刹を呼び止める。

「なに?」

「私、子育ての経験なんてないんです。いきなり四人も面倒を見ろと言われても困ります」

正直に伝えると、羅刹は不思議そうな顔をしている。

「十分面倒見てただろ? それに、適当でいいから」

「そんなわけにいきません!」

将来、子供たちが道を踏み外したりしたら自分のせいにされそうだ。

むきになる美空は、大きな声を出してしまった。

「あしょぼー」

するると、縁側から子供たちが顔を覗かせて訴えてくる。
「こっちおいれー」

手招きされても美空は動けなかった。

こんな短時間でなついてくれたのはうれしいけれど、情が湧いてしまうとまずい。
ここはきっぱり断ろうと口を開きかけると、先に羅刹が話し始めた。
「遊んでくれないいんだと。夕飯はカップ麺な」
「え？」

羅刹の冷たい言い方に、美空の眉間に深いしわが寄る。
「しょうがないだろ。俺、ハンバーグなんて作れないいし。死なきゃなんでもいい」
「ありえない……。あなたにはこの子たちを育てる義務があるのよ！」

無責任もはなはだしい羅刹の言動に腹を立てる美空の口から、率直な言葉が漏れた。
「義務があろうがなかろうが、無理なものは無理」

開き直ったような態度にあきれかえる。

子供たちの表情は暗くないいし、羅刹を嫌う様子もない。虐待しているわけではなさそうだけれど、立派な父親だとは言い難い。

母が亡くなったあと、料理なんてしたことがなかった父が焦がしながらも目玉焼きを焼いてくれたのを思い出して比べてしまう。

とはいえ、四人の子育てというのはなかなか壮絶だ。もしかしたらあれこれ努力したものの男手ひとつではうまくいかなくてあきらめてしまったのかもしれないと、少し同情するところはあった。

「でも！」

「命の恩人なのに見捨てるってさ。ほら、行くぞ」

やはり倒れた美空を見つけてくれたのはあの子たちのようだ。だからといって、その言い方はない。

「見捨ててないです」

手に負えそうにないだけだ。

言い返すと、振り返った羅刹が意味ありげに口の端を上げる。

美空は嫌な予感がして身構えた。

「聞いたか？　これからは美空が飯を作ってくれるってさ。よかったなぁ、お前たち」

「嘘……」

誘導に引っかかってしまった。

策士な羅刹にあきれて声が漏れたものの、ときすでに遅し。

「みしょら？」

「ごはん？」

草履を脱ぎ捨てて縁側から上がってきた子供たちに取り囲まれてしまった。

「えっと……」

「みしょら、ごはん作りゅ？」

そんな期待いっぱいの目で見つめられては、『作りません』とはどうしても言えない。

「作るよな。命の恩人だし」

「いのちのおんじ？」

羅刹は煽るけれど、子供たちはよくわかっていないようだ。

「わかりました。作ります。でも、羅刹さんも……あれ？」

『きちんと子育てにかかわってください』と言おうとしたが、すでに姿がない。隠れ身の速さは超一流だ。

「作りゅ！」

「食べゆー」

「あぁっ、今食べたばかりだから夜ね」

すでに食べる気満々の子供たちをなだめると、「はーい」と元気のいい返事をして再び庭に駆け出していった。

「引き受けちゃった……」

売り言葉に買い言葉のような状況だったが、間違いなく羅刹の思惑通りになったはずだ。

とはいえ、子供たちに嘘はつけない。それに彼らに倒れていたところを助けてもらったから、野垂れ死にしなくて済んだのだろうし。

美空は覚悟を決めた。

第二章　適当な父親の秘密

こうして、四人の子と羅刹、そして黒猫との共同生活が始まった。

「羅刹さん、子供たちの名前を聞いてないんですけど」

台所の片付けを済ませた美空が、お茶を飲みに来た羅刹に尋ねる。

「名前か。座敷に四人並んでた順番で、右から、一号二号三号四号。ちなみに一号と二号は双子」

「え……？」

予想外の返事に、顎が外れそうになる。

いい加減を通り越して、おもしろい人なのかなとすら思えてきた。

「あぁ、覚えてない？　髪がサラサラのヤツが一号で——」

「覚えてます！」

美空が引っかかっているのはそこじゃない。

「私は名前を聞いているんです！　そんな呼び方するなんてありえない」

美空の抗議に、羅刹ははぁ、とため息をついて髪をかき上げている。そして仕方なさそうに口を開いた。

「一号が桂蔵で二号は葛葉。三号は相模。四号が蒼龍」

キラキラネームが飛び出すかと思いきや、あの着物姿に似つかわしく古風な名前で安心した。

「そう呼んであげてください」

「考えとく」

考えるのではなく実践してほしいのだけれど、名前で呼ぶことを期待して黙っておいた。

「何歳ですか？」

「たしか、桂蔵と葛葉が三歳になったところで、あとのふたりが二歳」

たしかって……父親なのに曖昧だなんて信じられない。それに……。

「双子はともかく、あとのふたりが同じ歳って……。つかぬことを伺いますが、お母さんは？」

いないと話していたけれど、おそらく逃げられたのは確定だ。でも、一年に二度も出産できない。

「あー、俺の勘違いかも」

羅刹は話をそらすが、これは美空の勘が当たっていそうだ。

「お母さんが違うんですね」

「……まあ、そんなところだ」

とうとう白状した。

「ふたり？　三人？」

可能性として、母親はふたりか三人のはず。思いきって尋ねると、羅刹は素知らぬ顔で口を開いた。

「三人だろうな」

「はぁ……。こんな人に会ったの初めて」

子供たちと一緒に窮地（きゅうち）を救ってくれた羅刹にあまり小言は言いたくないが、さすがにあきれて正直な声が漏れる。

「よかったな。初めてを経験できて」

羅刹はまるで他人事（ひとごと）だ。

「だらしないから逃げられるんです！　幼い頃のお母さんの存在って大きいんですか

ら。それを奪った羅刹さんの罪は重いですよ」

そこまで言うつもりはなかったけれど、九歳で母を亡くして寂しい思いをしてきたので抑えきれなかった。

『お父さんがいるからいいもん』

いつもそれが美空の口癖だった。でも本当は、誰もいないところで母を想って何度も泣いたのだ。

「……すみません。言いすぎました」

我に返って謝ると、羅刹は「まぁ……」と言葉を濁す。

張り詰めた空気をどうにかしなければと焦ったところに、黒猫がやってきた。

「あっ、この猫ちゃんの名前は?」

ナイスタイミング!と心の中で猫を褒めつつ尋ねると、羅刹は黒猫を抱き上げる。

「タマ」

「タマ?」

猫にありがちなネーミングに、子供たちを一号二号と呼んでいることを思い出す。

また適当につけただけだろうか。

「そう。タマ持ってるからタマ」

「タマ？」

「あぁ、見る？」

羅刹が黒猫の垂れていたしっぽを持ち上げてお尻を美空のほうに向けるので、目が点になる。

「まさか……」

美空の推測が正しければ、オスだということに違いない。なんとも下品な名前のつけ方だ。

「クソッタレが！」

そのとき、どこからか野太い声が聞こえて周囲を見回したが、私たちのほかには誰もいない。

空耳だろうか。それにしては、はっきり聞こえた。

黒猫は激しく暴れだして羅刹の手から逃れ、部屋を出ていってしまった。

「も、もうわかりました。えっと……調理道具を買い足してもいいですか？　包丁もあれではちょっと……」

なんだか気まずくなった美空は、別の話を始める。

フライパンや鍋はそろっているものの、フライ返しやお玉がない。それに包丁は見事に刃こぼれしていて、一体なにを切ったのか不思議なくらいだった。

「美空の好きにしていい。ちょっと待ってろ」

羅刹は台所を出ていき、お金を持って戻ってきた。

「これだけあれば足りる?」

「え?」

渡されたのは一万円札の束。おそらく十枚くらいはある。

この人の金銭感覚はどうなっているのだろう。

貯金残高二百七十二円の美空には信じられない光景だった。

子供たちの母親がいなくなったのも、もしかしたら女性問題が原因ではなく、あまりに派手な金遣いのせいかもしれない。いや、同時期に三人の女性を妊娠させるくらいなのだから女性関係もかなりひどいのだが。

「足りない?」

「こんなに使えませんよ。羅刹さんって、なんのお仕事をされているんですか?」

平日の今日もずっと家にいるし、仕事をしている素振りもない。たまたま休みかもしれないけれど、これほどの大きなお屋敷となれば税金だってすごいはず。若い彼がそれを払えるとなると……やはり芸術家あたりが正解のような気がする。

「まあ、いろいろと。それより、いくらあればいいんだ？」

「とりあえず、一万円お預かりします。さっきいただいた一万円もまだ残っていますから」

　職業を教えたくないのだろうか。はぐらかされて、一層疑心暗鬼に陥りながらも答えた。

「その都度言われるのも面倒だし、とっておけ。金ないんだろ？　給料がいくら欲しいか知らないが、とりあえず先払いだ。身の回りのものもそろえてこい」

　自分の心配をしてもらえるとは思わず、羅刹をまじまじと見つめた。

「どうした？」

「羅刹さんって、意外と優しいんだなと思って。……あ」

　思わず本音を声にしてしまい、慌てて口を手で押さえる。

「そ。意外と優しいんだ。だから好きなように使って、足りなければ言え。あと、晩飯は揚げものな」

〝意外と〟を強調されて冷や汗が出た。けれども、これまた意外と表情は穏やかなままだ。

「よくわからない人……」

美空は、夕飯のメニューを指定して台所を出ていく羅刹のうしろ姿を見送りながらつぶやいた。

「まあいいや。買い物行こ」

貧乏性の美空は大金を持ち歩く勇気がなく、一万円だけ財布に入れて家を飛び出した。

少し離れたショッピングセンターで、包丁をはじめとする調理用具を手に入れ、食料品売り場に足を向ける。

そのとき、ポケットに忍ばせておいたスマホが震えたのに気づいて、確認した。

「まただ……」

面接を受けた会社からの不採用通知のメールだった。

面接の感触は悪くなかったのだけれど、なかなか採用には至らない。羅刹と子供たちに拾われなかったら、本気で飢え死にするところだった。

子供たちの面倒を見るのは無理だと尻込みしたけれど、今の自分には仕事を選んでいる余裕なんてないのだと改めて突きつけられたようで、顔が険しくなる。

「頑張ろ」

引き受けたからには全力で取り組もう。

美空は、『お父さん、お母さん、私は元気よ。また頑張るから心配しないで』と心の中で唱えた。

信じていた人に裏切られ、なにもかもなくして、父と母のところに行ってしまいたいと願ったが、こうして命があるのにそんなことを望んだらダメだ。父も母も、泣き顔なんて見たくないはず。

ずっと前向きになれなかった気持ちが少し浮上してきたのは、やはり羅刹たちに生活の場を与えてもらったからだ。

もう一度チャンスをもらえたと思って、いちから始めよう。

そう気持ちを引き締めた美空は、夕飯のおかずをあれこれ考え始めた。

屋敷に戻って調理を開始すると、鼻が利くのか、子供たちがどこからか集まってくる。

揚げもののリクエストだったが、美空がチョイスしたのはコロッケだ。幼い頃、母に作ってもらったコロッケが大好きだったのを思い出し、四人に食べさせたいと思ったのだ。ついでに、羅刹にも。

「あちちだから近くに来たらダメよ。おいしいご飯作るからね」

揚げるときの油跳ねが怖い。少し大げさに言って四人を遠ざけた。

するとと四人は珍しく素直に言うことを聞いて、茶の間からじっと観察している。

「あちちだって」

葛葉が言うと、桂蔵がしかめっ面で首を横に振る。

「あちゅいのやー」

相模も続いた。

どうやら熱いと伝えたのが功を奏して、離れてくれたようだ。

「お腹しゅいた！」

皆怖がっている様子なのに、マイペースな蒼龍だけがまったく別の発言をしている。

子供たちは個性豊かで観察していると飽きない。ただ、おとなしく言うことを聞いていてくれるから今は余裕があるだけで、おそらく食事が始まったらまた修羅場になるに違いない。

けれども、美空は久々にウキウキしていた。誰かのために食事を作れるのがうれしいのだ。

食欲旺盛な子供たちのために、小さめのコロッケをふたつずつ揚げた。

ひとつはオーソドックスなじゃがいもとひき肉のコロッケ。もうひとつは中にチーズを入れたカボチャコロッケだ。美空はほんのり甘みのあるカボチャコロッケが大好きなのだが、子供たちはどうだろう。

ほかにもホウレンソウを細かく切って入れたたまご焼きやトマトのスープを用意した。栄養をバランスよく摂ってほしいと意気込むあまり、野菜を使いすぎたかもしれないと心配になりながらも、子供たちが待ち構えている茶の間に運ぶ。

「れきた？」

蒼龍が目を輝かせる。

「皆がいい子しててくれたから、できたよ」

あのあと、言いつけを守った四人は茶の間から一歩も出ず、ずっと美空を見ていた。遊んでいればいいのにと思ったが、どうやら楽しかったらしい。コロッケを揚げ始めると、バチバチバチッと油が奏でる音に『あちち！』と叫び、フライパンがジュッと音を立てると『おぉ！』と声をあげ、トマトのスープをお玉でかき混ぜると、その動作を真似してにこにこしていた。

「並べるから、羅刹さん呼んでこられるかな？」

「らしぇつ、はーい！」

桂蔵が思いきり呼び捨てするのに噴き出しそうになった。ここは〝パパ〟と言うべきだったかもしれない。

それにしても、羅刹はまったく姿を見せないが、なにをしているのだろう。やはり仕事をしているのだろうか。

「株とかやってたりして」

美空にはまったくその知識はないけれど、それで生計を立てている人もいると聞く。ただ、あの着物姿でパソコンの画面をにらんでいる姿は想像がつかない。

四人がそろってバタバタと廊下を駆け出していったあと、美空は急いで座卓に料理を並べた。

「らしぇっ、ねんねー」

勢いよく戻ってきた葛葉が、やっぱり父の名を呼び捨てで報告してくれる。子供たちは連鎖するのだと勉強になった。

それにしても……。

「ねんね？」

「らしぇっ、ねんね！」

蒼龍が繰り返す。

まさか、寝ていたとは。一体いつ働いているのだろう。

「あぁ、ごめん。パパ、ね？」

羅刹を前に呼び捨てしてはまずいと思い、美空は訂正した。

「パパってなぁに？」

そう呼ばせていないのだろうか。

葛葉の意外な返しに首を傾げる。

「そっか。お父さん、かな？」

「らしぇつ、お父さんちがう」

葛葉の隣に並んだ相模がそう言うので、ますます混乱する。

「お父さんじゃないの？　あとなんだろう」

父さん、父ちゃん、親父、おとん……。

「あっ、パピー？」

「誰がパピーだって？」

美空が漏らしたひと言に、ようやくやってきた羅刹が不機嫌を全開にしてにらんでくる。

「……で、ですよね。パピーは似合わないっていうか……。子供たちからなんと呼ばれているんですか？」

「羅刹だけど」

「えっ、おかしくないですか？」

息子や娘に名前で呼ばせる父親を美空は知らない。美空も父のことは〝お父さん〟と呼んでいた。

もしや、父親になったことを受け入れられていないのでは。

今までの四人とのかかわり方を見ているとあながち間違いでもなさそうだけれど、そのわりに子供たちは、羅刹にもなついているように見える。今も喜んで呼びに行ったし。

「知るか」

羅刹は美空から顔を背けて座卓の端の席に座った。

「コロッケか」

そして少しうれしそうに言う。そんなに揚げものが好きなのだろうか。

「お手々洗いますよー」

「はーい！」

美空の言葉に反応した子供たちはいい返事をしたものの、またもや揉め始める。

「僕一番！」

相模が言えば……。

「ダメー。葛葉が先だもん！」

負けじと葛葉が食らいつく。

「ずりゅーい」

ふたりの間に割り込むのは桂蔵。蒼龍は最後についていき、三人の様子をボーッと見ている。

やっぱり一日中円満に過ごすのは無理そうだ。

「お前たち、俺が食うぞ」

そこに羅刹の声が飛んできた。すると子供たちは「ダメー」と声をそろえて順に並んだ。

なにも手伝わない羅刹のたったひと言で子供たちが言うことを聞くのが悔しいけれど、助かったのには違いない。

「しっかり洗わないと食わせないぞ」

座ったままふんぞり返っていると思っていた羅刹が立ち上がってこちらに来たので、少し驚いた。

羅刹はシンクの前にイスを置き、順に子供たちを片手で抱き上げてそこに乗せる。習慣づいているのか、手を洗い終えた子はピョンと飛び下りて近くのタオルで手を拭いた。

指一本で抱えられそうに見えるほど軽々と持ち上げる羅刹に、美空はあんぐり口を開ける。まだ小さいとはいえ、十キロは超えている子供を抱きかかえるのは、それなりに重労働なのに。

しかも、子育てを放棄しているようにしか見えない彼が、一応面倒を見ていたことが垣間見えてホッとした。

ようやく嵐のような手洗いが済み、食事の開始だ。

「はい、いただきます」

美空が音頭をとると、「いたらきましゅ！」と無邪気に叫んだ子供たちがすさまじい勢いで食べ始める。

タマの分をタマ用の皿に用意しておくと、どこからともなく現れてコロッケに食いついた。

猫の餌のほうがいい気もするのだが、そういうものは食べてくれないと羅刹が話していた。人間の食べ物のおいしさを知ったら物足りないのだろう。

ただ、このままではよくないので、なんとかしようと思っている。

「おいちー」

葛葉が両手で頬を押さえながら満面の笑みを浮かべる。

葛葉の向かいに座る蒼龍は、おっとりしていてマイペースなのに食べるときは別。誰よりも速いスピードで口に運び続ける。

フォークでご飯と格闘していた桂蔵は、口の周りがご飯粒だらけだ。

トマトスープが入ったカップを傾けすぎた相模は、首にスープを滴らせている。

「相模くん、ストップ！」

おいしそうに食べてくれるのはうれしいけれど、着物が赤く染まっていくのを見ていられない。慌てた美空は相模の喉元や口の周りをタオルで拭いた。

その間にも、葛葉がご飯を手で食べ始めるので目が離せない。

「あぁ、フォークを使うのよ」

「だいじょぶー」

「大丈夫じゃなくて！　蒼龍くん、落ちたのは食べない！」

覚悟はしていたが、自分は食べる暇もない。それなのに羅刹は涼しい顔をしてコロッケを口に運んでいる。

「羅刹さん、手伝ってください」

「世の中、あきらめも肝心だ」

「え……」

無気力な返事に脱力する。

それでも羅刹が重い腰を上げるので、期待いっぱいの目で見ていると、彼はなぜか茶の間を出ていってしまった。

「嘘でしょ？」

本気で育児放棄するつもりだろうか。無責任極まりない彼の行動に愕然とした。

世の母親たちも、夫にこんな態度を取られたら許せないだろう。美空に結婚の経験がなくても、それくらいの想像はつく。

「ちょっ、食事の途中で歩き回らない！　それ、桂蔵くんの！」

コロッケを落としてしまった蒼龍が、桂蔵の皿からコロッケを持っていこうとするので慌てて止める。

「僕のー！」

「半分こ」

「ヤダぁ。全部ぅ！」

またケンカが勃発した。

「ストップ！　蒼龍くん、私のあげるから！」

つかみ合いを始めたふたりの間に割って入ると、蒼龍がふと視界から消えた。戻ってきた羅刹が抱き上げたのだ。

「お前が落としたんだろ。他人のものに手を出すな。悔しかったら落とさないように食え」

正論ではあるけれど幼い子供には辛辣（しんらつ）な言葉に、美空は目を瞠（みは）る。

途端に大声で泣き始めた蒼龍を助けるべきか迷っていると、羅刹は蒼龍を下ろしてもう一度口を開いた。

「分けてもらいたければお願いするんだ。それでダメならあきらめろ」

羅刹は突き放しただけかと思いきや、正しい行動を教えている。こんな一面もあるんだと、感心しながら見ていた。

「ほら、美空がくれるとさ。お願いしてみろ。俺のはやらん」

「は？」

羅刹にも、父親らしいところがあるんだと思ったのはたった数秒。まさかの〝俺のはやらん〟宣言に、美空は絶句する。

「いいか、覚えておけ。自分の食うものは自分で確保しろ」

この人も三歳児かも。

美空はそう思ったが、当然口には出さない。

「ちょうらい」

泣きべそをかく蒼龍が、美空に向かってちょこんと頭を下げる。

「わかった。でもその前に、桂蔵くんにごめんねしようか」

タコみたいに口をとがらせたままの桂蔵も、なんとかなだめなくては。

美空は「ごめんね」と蒼龍と一緒に頭を下げた。

「桂蔵。もう許してやれ。器が小さいぞ」

器がどうとかなんて、こんな幼い子にはわかるはずがない。

羅刹の発言に心の中で反発する。ただ、叱り方はおかしいものの、一応ケンカを収めようとしていることはわかった。

「飯食ったら風呂だ。自分で汚したんだから、風呂なしは許さないからな」

そして羅刹がそう続けた。

もしかして、部屋を出ていったのは風呂の準備のため？

子供たちは風呂が嫌いで、普段から入りたがらないのかもしれない。でも、自分で汚したのだから、ああだこうだ言うなということなのだろう。

雑すぎる子育てではあるけれど、うまくいけばそれでいいのかも……なんて、適当な羅刹に洗脳されつつある。

美空はハッと我に返って、子供たちに食事を続けさせた。


美空のコロッケを半分もらった蒼龍は、食べ終わると「あーっと」ときちんとお礼を言いに来た。意外にもしつけはしっかりしているようだ。この子たちの母親がいつからいないのかは知る由もないが、羅刹ではなく母親がしつけた可能性も考えられる。

美空がそんなふうに考えるのは、羅刹が子育てを丸投げしてくるからだ。

彼がまったくなにもしないので、食器の片付けもままならないうちに、浴室にすっ飛んでいく子供たちを追いかけることになった。

「もー、にゅげない！」

相模が帯と格闘している。

「一番！」

要領のいい葛葉が、最初に着物を脱ぎ捨てて浴室に向かう。

「四人は無理じゃない？」

相模の帯を解く美空は弱音を吐いた。浴室内は滑って危ないし、小さな子供は浴槽のほんのわずかな水でも溺死してしまう可能性がある。それなのに好き放題暴れられては収拾がつかない。

しかし、そんな心配などお構いなしに、子供たちは次々と浴室に入っていく。最後に蒼龍の着物を脱がせて、シャツの袖をまくり上げた美空も続いた。

家屋は歴史を感じるが、ここはリフォームされているようだ。温泉宿のような広い浴槽と洗い場に美空は目を見開く。

こんな大きなお風呂にひとりで浸かれたら、疲れも吹き飛ぶだろうな……なんて考えている場合じゃない。

「あわあわー」

葛葉と桂蔵がボディソープで遊んでいる。隣の相模は、アヒルのおもちゃをひたすらペコペコ押し続けていた。蒼龍はシャワーの取っ手をひねり頭からお湯を被って、キャッキャとはしゃいでいる。頭からお湯をかけられるのが苦手な子もいると聞いたことがあるけれど、どうやら問題なさそうだ。

「いつもどうやって入ってるの？　羅刹さんが洗ってくれるの？」

「順番こー」

背中を向けていた桂蔵が振り返って答えると、美空の息が止まった。

「待って。なに、これ？　どうしたの？」

「痛い痛いしたー」

桂蔵の腹部に大きな切り傷がある。すでに治ってはいるけれど、なんとも痛々しい。

「痛い痛いって……。えっ、葛葉ちゃんも？」

隣の葛葉は、左腕にこれまたひどい傷が残されていて緊張が走る。

「相模くんは？　……ない、か。蒼龍くんは？」

慌てて確認したものの、こちらのふたりに傷は見られなくて安堵した。

「ねぇ、どうしたの？　まさか、羅刹さんじゃないよね……」

美空の頭によぎった〝虐待〟の二文字が、どうしても消えない。

「らしぇつ、違う。こーんなおっきいやつ」

葛葉が両手を広げてなにかを伝えようとしているけれど、美空にはわからない。ただ、この傷が羅刹のせいでできたものではないとわかって胸を撫でおろした。

「おっきいやつって？」

「やーぁ。あわあわないないした！」

美空が尋ねたのに、腕を広げたせいで手にためていた泡を落としてしまった葛葉は、それどころではないらしい。泡が流れていくのを見て、涙目になっている。

話はあとだ。とりあえずこの修羅場をなんとかしなくては。

「あぁっ、泡はまた作ればいいから。はい、順番に体洗うよー」

美空は慌てて葛葉の手のひらに泡を作ってのせたあと、ひとりずつ体を洗っていった。

最後の蒼龍を洗い終えた頃には、美空は座り込みたいほどへとへとになっていた。

「子育て、舐めちゃいかん」

美空だって、いつか自分の子が欲しいという願望がなかったわけではない。でも、突然四人の子の世話なんて、さすがに子育て未経験者には厳しい。

羅刹が『世の中、あきらめも肝心だ』と話していたが、今さらながらにその通りかもしれないと思う。完璧にしようと思ったって、到底無理なのだ。どこかでなにかをあきらめなければ、四人の子育てなんてできそうにない。

浴室を出ていくと、いつの間にか子供たちの浴衣が用意されている。美空は汗だくになりながら、それを着せていった。

「来たんだったら手伝ってよ」

美空の口から悪態が漏れる。

浴衣を持ってきたのは間違いなく羅刹だ。美空がいっぱいいっぱいになっているのを知っていて、手伝いもせずに逃げたのだろう。

ただ……双子の傷については問いたださなくては。

着物を纏った子供たちは、奥座敷にすっ飛んでいき遊び始める。それを確認した美空は、話をするため羅刹を捜し始めた。

広い屋敷の中を適当に進む。すると、障子越しに羅刹の声がした。

「まあ、いずれはな。でも、絶対卒倒するぞあいつ」

ひとり言かと思いきや、誰かと会話をしているようだ。浴室で奮闘している間に来客でもあったのだろうか。

「絶対に逃してはならん。もう食パンとカップ麺はごめんじゃ」

「俺だってごめんだ。お前が作れよ」

「お前、目ん玉ついてるのか？　この姿でどうやって作れと言うのじゃ」

「知るか」

羅刹は年上の男性と話しているようだが、随分遠慮のない言葉が飛び交っている。この家の食生活について知っているような口ぶりだけれど、相手は一体誰だろう。

美空は気になりつつ耳をそばだてる。

「あのクソガキ四人も、なつきそうじゃな。初めて天知眼が役に立った」

天知眼とは、なんのことだろう。美空は首をひねる。

「初めて？　くじだって当てただろ。当ててなかったら、今頃、飢え死にしてるぞ」

羅刹がそんなふうに言う。

美空がなけなしのお金で最後の運命を預けた、あのくじの話だろうか。

「だけど、やっぱり二等じゃなくて一等にしておけばよかったんじゃないか。お前が気が引けるとか言うからボーナス数字にしておいたけど、二千万なんてすぐになくなりそうだ。あいつら食いすぎだしな。二億にしておくべきだった」

続いて羅刹が気になることを話し始めた。当選番号が最初からわかっていたような言い方だ。

「お前の天知眼は、そういうことに使うためのものじゃない。今回は特例じゃ。こっちの世界では金がないと生きられないからな」

つまり、羅刹はその天知眼というものを持っていて、当選番号を予測したということのようだ。ただ天知眼なんて聞いたこともないし、彼に予知能力があるようにはまったく見えない。

美空は混乱していた。

「とにかく、美空に俺たちが人間ではないことをいつ伝えるかだ」

「はっ？　……あっ」

羅刹の衝撃的な言葉が耳に届き、思わず声を漏らしてしまった。すると障子に影が近づいてくる。

逃げなくては。

人間ではないとはどういう意味なのかわからない。でも、ここにいては危険だと頭の中で警笛が鳴っている。

数歩あとずさったものの、体がガタガタ震えて言うことを聞かない。

そのうち、障子が開いてしまった。

「あっ……あ……」

羅刹の姿を見て完全に腰が抜けた美空は、這いつくばりながら玄関のほうに向かおうとした。しかし、あっさり羅刹が前に立ちふさがる。

「聞いてたのか」

「な、なにも……。わ、私は……」

「聞いてたんじゃないか。はぁー、めんどくさ」

しゃがみ込んでけだるそうに髪をかき上げ、そう言い放つ羅刹は、立てない美空をヒョイッと片手で軽々と抱える。

「嫌……。放して！」

「なにもしないから暴れるな。怖いからって漏らすなよ」

デリカシーの欠片もない言葉にカチンとくるが、それどころではない。

殺されるのだろうか。

いくら一文無しになりかけていたとはいえ、甘い話に乗った自分がバカだったんだ。

ううん、お腹を盛大に鳴らせる子供たちを放っておけなかった。

うろたえる美空は、手足をばたつかせて抵抗する。

「だから、暴れるな」

倒れたところを助けてもらえて前向きに生きていこうと決意したばかりなのに、ここで死ぬ運命だとしたら、神さまを呪いたい気分だ。

どこまでも運が悪い自分に絶望していると、部屋の中に連れ込まれてしまった。

「お願い、放して！」

「落ち着け。取って食いやしない。食いたいのは、お前が作る飯だ」

羅刹はあきれ声で言うが、そんなことを信じられるわけがない。

「なんでもするから殺さないで」

「殺す？　そんな面倒なことするか！　お前に使う労力がもったいない」

「それは失礼でしょ！」

美空が思わず言い返すと、かすかに笑い声がした。羅刹に抱えられたまま部屋を見回したが、座布団の上でタマが丸くなっているだけだ。

「もうひとりは？」

誰と話していたのだろう。

「あー、それなぁ……」

羅刹は困ったような声をあげ、抵抗をやめた美空をようやく畳に下ろした。

「葛葉もびっくりなじゃじゃじゃ馬ぶりじゃな。いいからそこに座れ」

「はっ、しゃべった？」

どう見てもタマの口が動いている。

「もうひとりはタマ。タマは化け猫だ」

「ば……化け？」

羅刹はあたり前のようにあっさり言うが、美空にはよく呑み込めない。

「〝化け〟で止めるな！　それと羅刹。タマじゃない。金花じゃ！」

猫も不機嫌顔をするんだ、とくだらないことを美空が考えるのは、現実逃避したいからだ。

「猫といったらタマだろ。タマがついてるんだから文句言うな」

「クソッタレが！」

――あれ？　このセリフ、どこかで聞いたような……。

「あっ！」

タマの名前の由来を教えてもらったときだ。あれはタマの声だったんだ。

美空は納得したが、化け猫を受け入れたわけではない。そもそもそんなものがいるわけがないと頭の中で否定するも、目の前に言葉を話す猫がいるのは事実だった。

「羅刹は鬼じゃ」

「鬼？」

タマがさらりと放った言葉に、美空は瞬きを繰り返す。

「ついでに、桂蔵と葛葉は妖狐。相模は天狗。蒼龍は蛟だ」

子供たちまで人間ではないと聞かされて、美空は息を吸うのも忘れる。

「美空？　生きてる？」

羅刹が軽い調子で尋ねてくるが、心の整理がつかずなにを話していいのかわからなかった。

「瀕死じゃな」

タマが鼻で笑っている。

「だから卒倒すると言っただろ」

羅刹は立ち上がれない美空の隣にドサッとあぐらをかき、「まあ無理もないな」とつぶやいた。

「そんなにおびえなくていい。俺たちあやかしも腹は減る。美空の飯が食いたいだけだ」

美空の体は先ほどから震えが止まらず、歯がカチカチと音を立てている。羅刹はそんな美空を見てため息をついた。

「驚かせて悪かったって。だけど、お前にもほかの人間にも危害を加えるつもりはない。人間界の隅で生活させてもらえればそれでいい」

そうはいっても、信じられるわけがない。そもそもあやかしなるものが実在するという現実を受け止めきれないのだ。

「美空が助かったのは、羅刹の天知眼のおかげじゃぞ。天知眼で倒れているのを見つけて子供たちにどうするか聞いたら、行く!と言って屋敷を飛び出した。それでここに連れてきたんじゃ」

タマがあまりに流暢に話すのが、かえって恐ろしい。でも、彼らに助けられたのは現実だ。

「子供たちが？」

「そう。わかっただろうけど、あいつら四人を連れて外出するのは大変なんだぞ。犬に吠えられると、戦いを挑みに行くし」

羅刹は眉間にしわを寄せる。

その光景が目に浮かぶだけに、同情してしまった。

「葛葉はどうにかならんのか。血の気が多すぎる」

「えっ、葛葉ちゃん？」

犬に向かっていったのは唯一の女の子だとはびっくりだ。

「あぁ、そうだ。大概そういうことをやらかすのは葛葉だ。桂蔵は完全に尻に敷かれていて葛葉の命令待ち。相模は陰に隠れて見ている。蒼龍は、犬には目もくれずふんを触ろうとするし……」

四人の性格がそのまま行動に現れている。

「だからあいつらを連れていくのは嫌なんだ。だけど、助けるって言って聞かないから」

羅刹は大きなため息を落とす。

公園で意識が遠のいたときかわいらしい舌足らずの声が聞こえたが、偶然通りかかったのではなく助けに来てくれたのだと知った。

「すみません」

「謝る必要はない。子供たちがそう決めたんだからな。おかげでうまい飯にありつけた」

羅刹が珍しく柔らかな表情で言うので、美空の緊張が少し緩む。

「……それで、天知眼とは？」

「羅刹の目は特別なんじゃ。遠くを見通したり、過去や未来を見たりする力がある」

タマが説明してくれたものの、まだどこか夢見心地だ。

「その力で私を助けてくださったんです……あっ！」

「どうした？」

「あの、くじがどうとかと……」

その力を使ってくじの当選番号を見たのだと気づいた美空は、念のために尋ねる。

「あぁ、未来も見えるからな」

羅刹はあっさり白状した。

「そんな。私の涙、返してください」

最後の賭けが見事に外れたときのショックと絶望は、きっと彼らにはわからない。

「は？　まさかお前、くじ買ったの？」

羅刹の質問に頷くと、大声で笑われてしまった。

「そうか。それは残念だったな」

「残念で済ませないで。私の人生これで終わりだと思ったんですから！」

少々むきになると、羅刹はようやく笑いを収めた。

「俺が当てても当てなくても、美空は外れたんだ。それに俺が買ったのは、少し前だぞ」

たしかに、ひとつも数字がかすらなかったので、羅刹への八つ当たりでしかない。

「そんなことくらいで人生終わらせるな」

「えっ？」

ここに来てから初めて見た羅刹の真剣な顔は、どこか迫力がある。

「信じていた者に裏切られたのは気の毒だが、そんなことくらいで終わるほど、お前の人生は薄っぺらいものなのか？」

〝適当〟という言葉がぴったりの羅刹からこんな真面目な話をされるとは思わず、美空は驚いた。

「いえ……」

そうか。人生あきらめたら終わりだ。きっとまだ這い上がれる。

まさか羅刹に励まされるとは思わなかった。ただし、まだ彼が鬼だというのは理解できない。

この際、聞きたいことは聞いてしまおうと美空は口を開く。

「羅刹さんは、子供たちの親ではないんですか?」

鬼に狐の子が生まれるのか疑問だったのだ。

「そうだな、まあ……」

羅刹が濁すと、代わりにタマが話し始めた。

「あの子たちは皆、親を亡くしたかはぐれてしまったんじゃよ。それを羅刹が預かって育てているのじゃ」

驚愕の事実に、美空の目は真ん丸になる。

「ごめんなさい。私、羅刹さんを傷つけるようなことを言いました」

母親が三人と聞いたとき、『だらしないから逃げられるんです！　幼い頃のお母さんの存在って大きいんですから。それを奪った羅刹さんの罪は重いですよ』と彼を責めてしまった。

「あぁ、傷ついたな。ほんと、ここが痛くて痛くて」

「本当にごめんなさい」

羅刹が胸を押さえて唇を噛みしめるので、申し訳ない気持ちでいっぱいになる。

「だから飯」

「ん？」

「飯作ってくれ。カップ麺は飽きた」

どうやら傷ついた振りをされたらしい。

だまされた美空はムッとしたものの、身寄りのない子供たちを育てている羅刹は立派だ。その手伝いができるならと考えてしまう。

ただ、彼らがあやかしだというのがどうしても呑み込めないでいる。

「でも……」

戸惑っていると、羅刹は右目に手を当て、左目を大きく見開いた。するとその目は赤く変化し、美空は言葉を失う。

これが天知眼というものだろうか。

「見えた。ここを去ればひと月後に、公園で息絶える」

「えっ……私？」

「そうだ。残念だな」

いきなりの死亡宣告に言葉を失う。

ただ、倒れていた自分を見つけてくれたこの目を信じないわけにはいかなかった。

「そんな。どうしたら……」

「ここにいればいいだろ。飯作ってあいつらの世話をしてくれれば、美空の命の保障はしてやる。もちろん、誓って危害は加えないし、あやかしだからといって特別な生活様式もない。それで、給料はいくらいるんだ？」

素知らぬ顔で聞いてくる羅刹だが、その給料の源が天知眼でイカサマをしたくじの当選金だと思うと、なんとも複雑だった。

ただ、危害は加えないというのは信頼してもよさそうだ。なにせ、自分がいなくなったら食パンとカップ麺生活が待っているのだから。

さすがに野垂れ死にしたくない美空は腹をくくった。

「わかり、ました。それじゃあ三十！」

「三十円でいいのか？　随分謙虚な――」

「三十万です！」

とんでもない勘違いをした羅刹にきっぱり告げる。もちろん、多すぎるのはわかっている。倒産した会社の手取りなんて二十万円あったことがなかったし、自分にそれだけの価値があるという自信はない。

ただ、もう一度やり直したい。自分でも波乱万丈な人生を歩んできたとは思うけど、いつまでもくよくよしていても始まらない。自分よりずっと幼い頃に両親と別れてしまった子供たちがたくましく生きているのだ。月給三十万円もらえるだけの価値がある人間になりたいという意味での、覚悟の叫びだった。

「わかった。それじゃあチビたちを寝かしつけてこい」

「……はい」

あやかしの世界に片脚を突っ込む覚悟をした美空は、偉そうに命令する羅刹に返事をして立ち上がった。

「あ……」

「なんだよ」

「そういえば、桂蔵くんと葛葉ちゃんのケガは……」

それを聞きに来たのにすっかり忘れていた。

「あぁ、あれ」

羅刹は難しそうな顔をして言葉を濁す。

「あやかしの世界でいろいろあったのじゃ。あまり刺激しないようにしてやってくれ」

タマが代わりに答えた。

〝いろいろあった〟で済ませるということは、深く聞くなということなのだろうか。

どうしても猫が人間の言葉を話している光景に慣れず、美空はまじまじとタマを見つめてしまう。

「な、なんだ？」

「タマが話してるのが不思議で……。あっ、金花か」

ただ、化け猫だから羅刹たちと同じ食べ物でよかったんだと納得した。

「タマでいい。子供たちは化け猫だと知らないし、ただのタマだと思ってるし」

「ただのタマとはなんだ！　お前が勝手に教え込んだんじゃろ！」

「タマついてるんだから、わかりやすいじゃないか」

「クソッタレ！　わしを誰だと思ってる！」

「タマのついてるタマだろ？」

鬼と化け猫が、子供たちと同じようなレベルでケンカを始める。ついさっきまで深刻な雰囲気だったのに、馬鹿馬鹿しくなった美空は完全に落ち着きを取り戻した。

「ずっとケンカしててください」

美空は冷たく言い放ったあと、子供たちが騒いでいる奥座敷へと向かった。

「わっ！」

障子を開けた瞬間、目の前を枕がよぎり声をあげる。

「みしょら！　あしょぼー」

美空にいち早く気がついて、枕投げに誘うのは桂蔵だ。

「もうねんねの時間だよ」

「やぁーだー」

口をとがらせてごねるのは相模。一番血の気が多いと聞いた葛葉は枕投げをやめない。

「いたっ」

その枕に当たった蒼龍は、怒るでもなくぼーっとしている。

「葛葉ちゃん、枕は投げない！　いつもこうなの？」

「いちゅも！」

四人がにこにこ顔で教えてくれるが、そのうち家が壊れそうだ。

「誰がお布団上手に敷けるかなぁ？」

美空がそんなふうに煽ると、子供たちの表情が引き締まった。そして我先にと片隅に積んである布団に手を伸ばす。

「ダメぇ、僕が先ぃ」

「葛葉が先なのぉー」

うまく乗せられたと思ったのもつかの間、また順番争いが始まった。

三十万の給料をもらえることになったものの、早速後悔気味だ。この子たちがあやかしであることより、二、三歳児のすさまじさのほうが断然大変そうで、くらくらする。

「ストーップ。上手に順番こできたら、おもしろいお話をしてあげる」

「おもしろ？」

食いついたのは珍しく蒼龍だ。

「そう。うーんと、なにがいいかな？」

美空は幼い頃母に読み聞かせてもらった絵本を思い浮かべながら、この子たちにはそういう経験もないのだろうなと不憫に思った。

どうやら興味があるようだし、たくさん絵本を用意しよう。両親から離れて健気(けなげ)に頑張るこの子たちの母親代わりになろう。

一日目にしてクタクタな美空だったが、そんなふうに決意する。

「並びなしゃい！」

おもしろい話に反応した葛葉が、ほかの三人を仕切りだした。吠える犬にケンカを挑むというワイルドな葛葉は、四人のまとめ役なのかもしれない。『ケンカしてたのはあなただけどね』という心の声を呑み込んだ美空も布団を敷き始める。

小さい体でも力があるのは、あやかしだからだろうか。布団を抱えては持てないけれど、ずるずる引っ張っていく。

無事に布団が四組並ぶと、右から桂蔵、葛葉、相模、蒼龍の順で寝転がった。

ここはケンカをしないようだ。

そういえば、彼らを人形だと勘違いしていたときもこの順番で並んでいた。羅刹が決めたのかもしれない。あらかじめ決まり事を作っておくのも、子育てのコツなのだろう。子育て初体験の美空は手探り状態だった。

「お話ー」

桂蔵が目を輝かせている。寝かしつけのための話なのに、興奮されても困るなと思いつつ、美空は葛葉と相模の間に寝転んだ。

「それじゃあ、赤ずきんのお話をするね」

食べられてしまうなんて残酷かしら……と一瞬躊躇(ちゅうちょ)した美空だったが、グリム童話はどれもこれもわりと残酷だ。

「やっぱり一寸法師(いっすんぼうし)にしよ……ダメだ」

「いっちゅんぼうち？」

相模が食いつき気味に言うが、あの話の悪役は鬼だった。羅刹を悪者にしてはまずい。

「桃太郎(ももたろう)……もまずい」

桃太郎も鬼退治の話だ。昔話の鬼は嫌われ役も多い。

「うーん。やっぱり赤ずきんね。始まり始まりー。むかしむかしあるところに――」

いろいろ迷った挙げ句、赤ずきんの話にした。ところどころ忘れていたがそこは適当にごまかす。

「オオカミしゃん、お腹チョキン？　痛い痛い？」

相模が顔をしかめてお腹を押さえる。やはりまずかったと美空は少し後悔した。

「オオカミしゃん、悪い子」

桂蔵がきっぱり言う。正義感があるようだ。

「そうね。悪い子ね」

「やっちゅける？」

葛葉が飛び起きて意気揚々と言うので、美空は目を丸くする。

やっぱり血の気が多い。

「やっつけられたから、もう大丈夫よ」

「だいじょぶー」

最後に蒼龍が安心したような顔で言った。

全員目が冴えているのは気のせいだろうか。寝かしつけは大失敗だ。

「いつもどうやって寝てるの？」

「らしぇつに怒られるからねんね」

恐怖で支配しているとは驚いたが、羅刹もいろいろ努力した可能性がある。それでどうしても無理だったので、鬼らしく角が生えたのかも。

「そっか。羅刹さんに角が生える前に寝ようか」

「らしぇつ、つの？」

相模が興味津々で聞いてくる。どうやら角は見たことがないようだ。鬼といえば角が思い浮かぶけれど、羅刹にあるのかどうかは定かではない。

あやかしの姿にはならないのだろうか。そういえば、どうしてタマだけは猫なのだろう。

「ごめん。なんでもない。そうだ、羊を数えよう」

「しつじ?」

蒼龍が折れそうなくらいに首を傾げている。

「羊知ってる?」

「知らない」

四人の声がそろった。これも失敗か……。

「あっ、タマでいいや。タマがね、柵をヒョイと飛び越えるところを思い浮かべて。それで、タマが一匹、タマが二匹……と心の中で数えるの。心の中よ。おしゃべりはなしね。やってみよう」

意外にも子供たちは素直に目を閉じたので、美空も頭の中でタマを数え始めた。タマを三十二まで数えたところまでは覚えているものの、その後の記憶はぷっつり途絶えた。

第三章　お出かけは覚悟が必要です

初日からへとへとで、子供たちより先に眠りに落ちたらしい美空は、葛葉のキックを頭に受けて目が覚めた。

夜は借りている二階の奥の部屋でゆっくり寝るつもりだったのに、それすら叶わなかった。

起き上がると、並んで寝ていたはずの四人はあちらこちらに散らばっている。寝相が悪いというレベルではない。右端にいた桂蔵がなぜか左端の蒼龍の近くで寝ていて、瞬間移動でもできるのかと不思議に思ったくらいだ。

「これは……パジャマを買おう」

全員きちんと浴衣を着ていたはずなのに、お腹丸出しだ。相模に至っては裸に近い。

美空はくてんくてんに寝ている四人の浴衣を整え、布団をかけてから洗面所に向かった。昨夜は子供たちをお風呂に入れるだけで精いっぱいで、化粧すら落とさずに眠ってしまったからだ。

「最悪」

鏡に映る疲れ果てた自分の顔を見て、やっぱり逃げ出すべきだったかもしれないと思う。

「かといって、野垂れ死にもね……」

究極の選択だ。ただ、疲れるけれど子供たちはかわいい。

美空は二階の和室に、一旦着替えを取りに向かった。姿見と桐箪笥が置いてあるその部屋は、なかなか古風ではあるけれど気に入っている。

家屋は長い年月を感じさせるが、壊れているところは皆無で、大切に使われてきたことが伝わってきた。

再び一階に戻った美空は、シャワーを浴びてTシャツとジーンズに着替えてから台所に向かう。食器を下げたまま洗っていなかったのを思い出したのだ。

「あれっ？」

覚悟していたのに、皿が片付いている。羅刹がやったのだろうか。猫のタマにはできないだろうから彼に違いない。

ひどい散らかりぶりを見てだらしない人だとあきれていたけれど、やる余裕がなかっただけなのだと納得した。

子供たちの世話をしていたら、家事は手抜きするしかない。

「ごめんなさい」

美空は小声で謝っておいた。

朝食はツナとニンジンを入れたオムレツとトーストにした。

子供たちを起こすために奥座敷に行こうとすると、四人が茶の間に駆け込んでくる。

「しゅいた！」

「ごーはーんー」

朝から元気いっぱいな子供たちは、どうやら料理の匂いを嗅ぎつけてきたらしい。

皆、食いしん坊なのだ。

そのすぐうしろから、大きなあくびをして目が半分しか開いていない羅刹も来たので食事の開始だ。

「いたらきましゅ！」

雑に手をパチンと合わせて言うのは、一番おっとりしている蒼龍だ。食事のときが一番生き生きしている。

子供たちは砂糖でほんのり甘みをつけたオムレツを、競うように食べ始めた。

相変わらずフォークは放り出して手づかみになるのだが、羅刹が話していたように
ここはあきらめが肝心だと、ガミガミ言わないことにした。

ひどい食生活だったのだから、ガツガツしても仕方がない。そのうちきっとできるようになる。

ケチャップのついた手で目をこすりそうになった相模をギリギリのところで止めながら、美空は自分に言い聞かせた。我慢するのもなかなか忍耐力がいる。

羅刹は相変わらずなにも言わずに黙々と食べ進める。タマも茶の間の隅で、同じものをおいしそうに食べていた。

「んっ？　……ゴホッ」

美空がトーストを口に運んだそのとき、葛葉の頭にかわいらしい耳が生えたので思わず飲み込みそうになる。

慌てて牛乳で流し込んでいる間に、今度は相模の鼻が伸びた。

「ええっ。な、なに？」

次は蒼龍だ。着物の裾からうろこのついたしっぽらしきものが見え、最後は桂蔵にもふさふさのしっぽが生えてきた。

「お前ら、落ち着け」

美空が目を白黒させて子供たちを見ていると、羅刹がひと言。

「出てるぞ。しまえ。しまわないと外に出さないからな」

脅しのようなひと言で、子供たちの耳やしっぽが跡形もなく消えた。

目の前で不思議な目を見せられたり、猫なのにしゃべる光景を見たりしたため、羅刹とタマがあやかしなのはなんとなく納得していた。でも、子供たちはどこからどう見てもやんちゃ盛りの普通の二、三歳児だと思っていたのに、やはりあやかしなのだとようやく胸にすとんと落ちた感じだ。

「最近出さなくなったと思ったら、ただの栄養不足だったか」

「栄養不足？」

羅刹の発言に美空が口を挟む。

「ここに住み始めた頃は、皆出したい放題で困ってたんだ。でもそのうち出さなくなったから、コントロールの仕方を覚えたと思ったんだけど違ったんだな。思い当たるのは飯がカップ麺から変わったことくらいだし」

羅刹は腕組をして、食べ続ける子供たちを見ている。

「嘘でしょ……」

皆やせ細っているというわけでもないけれど、なにか必要な栄養が足りていなかったのだろうか。昨日からまともな食事をとるようになって、その栄養がやっと補充されたということか。

それはそれで喜ばしいのかもしれないけれど、人前でしっぽや耳を出されては大変だ。そうすると、この子たちの食事は食パンとカップ麺が正解なのかもしれない。

美空はなにがなんだかわからなくなってきた。

「俺が言い聞かせておくから心配するな」

羅刹はそれだけ言うと、再び食べ始める。

『らしょつに怒られるからねんね』と言っていたくらいだし、今も注意されたら引っ込めた。羅刹の言うことは聞きそうだ。

それにしても……本当に大丈夫だろうか。

美空は不安になってきた。人間の子育てですらどうしたらいいのかわからないのに、あやかしの子育てなんてお手上げだ。

「美空、食わないと食うぞ」

「あっ、ダメ。食べます！」

美空だって空腹で倒れたばかりなのだから、食事は死守したい。

慌ててオムレツを口に入れると、羅刹がかすかに笑った気がした。

食事がなんとか済み、大量の洗濯物と格闘したあと、美空は羅刹に出かけたいと申し出た。

「僕も行くぅ」

聞こえていたらしい相模が美空の脚をつかむ。

「僕もぉ」

「葛葉も行くー」

「行くー」

たちまち四人に連鎖して頭を抱える。ずっと家にこもっているより外に出かけるのは悪いことではないけれど、あの食事の風景を見てしまうと腰が引けるのだ。

「あのね、皆の服を買ってくるからお留守番しててほしいなー」

奥座敷の箪笥を開けたら全部着物だったため、パジャマと動きやすい洋服が欲しいと思ったのだ。

着物は洗うのも大変で、汚したら全身取り換えになる。洋服なら上着だけとかズボンだけで済むのではないかと考えたのだが、甘いだろうか。

「服！」

目が輝いたのは葛葉だ。やはり女の子は、おしゃれ好きなのかもしれない。

「僕も服！」

どうやら余計な発言だった。子供たちがヒートアップしてきたので、困ってしまった。連れていってあげたいのはやまやまだけれど、四人をひとりで面倒見るのは絶対に不可能だ。

おそるおそる羅刹に視線を送ると、彼はあからさまに顔をしかめた。

「はぁ……仕事増やすなよ」

羅刹にギロッとにらまれて、美空は首をすくめる。この目は怖い。

「ひとりじゃ無理です。お願いします」

美空が手を合わせると、羅刹は深く長いため息をついた。

「まったく。……お前ら、さっきの約束覚えてるな？」

羅刹が言うと、桂蔵が口を開く。

「お耳出しゃない」

「しっぽないない」

蒼龍も続いた。

どうやら美空が洗濯をしている間に、あやかしに変化（へんげ）しないように言い聞かせたようだ。

「守れなかったら、カップ麺だからな」

こんな幼い子相手に脅しのような言葉をかけなくてもとは思うけれど、あの光景を人間に見せるわけにはいかない。捕まりでもしたら大変だ。

「はーい!」

嫌々ながらも羅刹が付き添ってくれるらしく、美空はホッとした。

「ところでこの子たち、出かけたことあるんですか?」

「ほとんどないし、あっても夜限定だ。他人の目があると面倒くさい」

美空を助けてくれたときも、数少ない外出のうちの一回だったのかもしれない。

人目を避けて夜に外出というのは納得できるが、不健康にも感じる。あやかしといえども子供。太陽の光の下で思いきり体を動かせるようにしてあげたい。それに人間の子を目の当たりにするのも刺激になるかも。

ずっとここで生きていくなら、この先人間と同じ行動ができるようにならなければならない。ほかの子を見て行儀(ぎょうぎ)を真似したり、大人の観察をしたりするのも勉強になるはずだ。

四人を連れての外出に不安がないとは言えないけれど、理想だけは高めに掲げてみる。

「それじゃあ、お出かけするよ」

「わーい」

「おでかけしゅる！」

美空の言葉に四人はぴょんぴょん跳びはねて喜びを表した。

「テンション下げろ！」

「行くよー」

羅刹の苦言を無視して先陣を切るのは、やっぱり葛葉だ。彼女に「はーい」と従う桂蔵は、舎弟（しゃてい）のよう。そのあとに相模、そしていつも最後尾は蒼龍だ。

心配なのかタマもついてきて、一家総出の大移動が始まった。

外に出るのがうれしいのだろう。駆け出しそうになる葛葉と桂蔵の首根っこをつかまえる羅刹は、かったるそうにしている。美空は相模と蒼龍の手をしっかりつないだ。

あとからのそのそついてきたタマだったが、車通りの多い道にたどり着くと先頭を歩きだす。周囲を見回して危険がないかチェックしているかのようだった。

羅刹もタマも〝子育てなんて面倒くさい〟という態度が垣間見えるものの、最低限の保護者としての役割は果たしている。

「ぶーぶー」

「はやー」

「おっきぃ‼」

人間の子と同じなのか、男の子たちは道路を走る車に目が釘づけだ。

「あれはダンプカーっていうんだよ。土や砂を運ぶの」

美空が説明をすると、相模の足が止まった。どうしたのかと思ったら空を見上げている。

「鳥しゃん」

「あはは、あれは鳥じゃなくて飛行機。人間を乗せて運ぶんだよ」

天狗の彼は羽を持つようだ。やはり空に興味があるのだろう。

「ひこーき？」

「そう。遠いから小さく見えるけど、ダンプカーよりずっと大きいんだよ」

「わぁ」

相模は目いっぱい背伸びをして手を空に向けるが当然届かない。

「遠いねー」

そんな会話をしていると「チッ」という不機嫌な羅刹の舌打ちが聞こえた。

「首輪ないのかよ」

「首輪？」

見れば、葛葉と桂蔵が別々の方向に向かおうと格闘していた。首輪というよりリードが欲しいのだろう。

「犬じゃないんだから……」

美空はそう答えたものの、じゃじゃ馬、葛葉の面倒を自分で見る自信はない。

「ちっさー」

そのうち今度は蒼龍がなにかを見つけた。彼の視線の先にはベビーカーに乗った赤ちゃんがいる。

「かわいいね。赤ちゃんだよ」

「オオカミしゃん食べりゅ？」

「あっ、赤ずきんじゃなくて赤ちゃんね」

やはり、外の刺激は必要だと美空は感じた。なにも知らないままでは、この先人間の世では生きていけない。

一番近くのショッピングセンターまで、美空の足なら徒歩十五分。けれども、寄り道だらけの子供たちと一緒だと一時間近くかかってしまった。

ようやく店内に入ると、険しい顔の羅刹が漏らす。とにかくあちこちに行きたがる葛葉をずっと止めていたからだ。

「まだこれからですよ」

すでに仕事を終えたような言い方だけれど、買い物はこれから。ただでさえ着物姿の一行は目立っているのに、なにかやらかしてはまずい。

「蒼龍くん、勝手に食べちゃダメ！」

パン屋を見つけた食いしん坊の蒼龍が、並べてあるパンに手を伸ばそうとするので慌てて止めた。

「なんでー？」

「お店にあるものは全部商品なの。お金を払った人が食べたり使ったりできるんだよ」

「お金ー！」

彼は目の前にある大きなメロンパンの前から動こうとしない。

「羅刹さん、ここでパンを食べて待っていてくれませんか？　私、急いでパジャマと洋服を買ってきますから」

美空は全員での移動を断念した。

「勘弁してくれ」

「無理」

「そこをなんとか！」

もうすっかり気力をなくした羅刹に断られたものの、タマはさすがに店内には入れず、羅刹しか頼れない。

「それじゃあ、羅刹さんが買ってきてください」

「もっと無理」

あまりに非協力的な態度に怒りが湧いてくるものの、ぐっとこらえる。羅刹とケンカをする元気がもったいない。

「パン食べりゅー」

「これー」

いつも食パンばかりだったのなら、この甘い香りの誘惑からは逃れられないに違いない。

美空は、子供たちが売り場のパンに次々と手を出しそうになるのをなだめて、ため息をついた。

「わかったよ。行ってこい」

髪をかき上げてあからさまに眉をひそめる羅刹だが、なんとか呑んでくれたようだ。

「助かります！」

「ひとつずつだぞ。ほかのを触ったら容赦しねぇ」

羅刹は保護者らしからぬ言葉で子供たちを制する。

「あと、食っても出すな！」

もちろん、しっぽや耳のことだ。けれどこの言い方、下から出るものに聞こえてしまい、こちらに視線を向けた周囲の人に軽く頭を下げておいた。

「それじゃあ」

美空は、早速衣料品売り場のある二階へと走った。

パジャマと洋服を四人分となると、かなりの量だ。

「お母さんって大変……」

両手に大きな袋を提げてパン売り場近くのフードコートに戻ると、きちんと座ってパンをかじる子供たちが見えた。

「おいちー」

「ちー」

ご機嫌で食べ進める子供たちの横で、羅刹はテーブルに片肘をついて生気のない顔をしている。ひと悶着あったのかもしれないけれど、あえて聞かないことにした。

「お待たせしました」

「もう二度と来ない」

そう言い放つ羅刹が、なぜかパン屋の紙袋を渡してくる。

「これは？」

中を覗くとチョコレートコルネがひとつ入っていた。

「お前の。こいつらが、美空のも買えとうるさくて。それで、どれを買うか揉めたんだよ」

「え……」

まさか自分のためにケンカしてくれたなんて、びっくりだった。

「みしょら、食べていいおー」

「ちょこれーと」

「おいちーよ」

「いたらきましゅしてー」

四人が口々に言うので、美空の心に温かいものが広がる。

こんなに優しい子供たちと出会えて幸せだ。大人はあっさり自分を裏切ったのに、幼い彼らはずっと自分の味方でいてくれるような気がした。

会社の倒産から気持ちが落ち続けていたからか、瞳が潤んでくる。

「ありがとね。いただきます」

「いちいち泣くな」

感動で胸を震わせながら手を合わせる美空に、羅刹はあきれ気味だ。

「すみません」

「お前の一生懸命が伝わってるんじゃないの？」

「えっ？」

羅刹の言葉に目を見開く。

まだかかわり始めたばかりだし、正直脱走したいと思う瞬間がないわけではない。けれど、子供たちに認めてもらえつつあると思えば頑張れそうだ。

美空が急いでコルネを胃に入れると、意外にも羅刹が荷物を全部引き受けてくれる。こき使われるだけだと覚悟していたので驚いた。

その後、夕飯の買い物をするために食料品売り場に向かった。野菜や果物、そして魚や肉を見て「なにこれー？」と質問が途絶えない子供たちは好奇心いっぱいの様子だ。やはりどれだけ大変でも、たまにはこういう機会を作ったほうがいい。

「これはカレイというお魚を切ったものだよ」

「お魚しゃん、ちょきんちょきん？」

桂蔵が顔をしかめる。

「そうだね……」

普段あたり前のように肉や魚を食べているが、子供たちには衝撃だったかもしれない。でもそうしたことも知って、食べ物に感謝しながら散らかさずに全部食べてくれるようになるとうれしい。

果物売り場には羅刹と葛葉がいる。

「あー？　知らん」

羅刹も葛葉に質問攻撃されているものの、ろくに答えようとしない。教えてあげればいいのにと思い近づくと、とげとげの丸い物体があった。

「なんだっけ、これ……」

見たことはあるのだけれど、普段スーパーではなかなかお目にかかれない。羅刹は本当になんの果物かわからなかったのだろう。

「あっ、ドリアンだ」

〝タイフェア〟なるものが開催されていて、ドリアンが並んでいたのだ。

「ドリアンなに？」

「うーん、私も食べたことがないんだけど、ちょっと臭い果物かな?」

「くしゃい? くしゃいくしゃい!」

美空の言葉がツボに入ったらしい葛葉は、鼻をつまんで大声をあげる。

「ちょっ、しーっ」

「くしゃいよー、あはははは」

営業妨害になってしまうと焦る美空は葛葉をつかまえたものの、「くしゃいって!」と自慢げに桂蔵に教えている。

「くしゃい?」

「うん」

「キャハハハハ」

一体なにが楽しいのかさっぱりわからない。桂蔵まで騒ぎ始めたため、もうお手上げだ。

幼少期には、うんちが楽しいお年頃があると聞いたことがあるが、それに近いのかも。

「お前ら、放り出すぞ」

そこにどすの利いた羅刹のひと声。これがかえって周囲の人の視線を集めてしまい、美空の額に嫌な汗が噴き出し始めた。

「静かにしようね。パパ怒ってるよ」

血のつながらない不思議な関係の六人だけれど、周囲から見れば立派な親子のはず。

美空はそんなふうに言うと、葛葉と桂蔵を連れてその場を離れた。

「あぁ、次から次へと……」

問題山積で倒れそうだ。

「すっ飛んでったぞ」

羅刹が顎でとある方向を指す。

「えっ……。相模くん、待って」

今度は相模だ。彼はなにかを見つけて一目散に駆け出していった。

美空が慌てて追いかけると、そこはカップ麺売り場だった。

「いっちょ！」

台所の片隅に積んであるカップ麺と同じものを見つけて興奮しているのだ。

「そうだね。一緒だね」

「毎日食べるー。あちたも？」

相模がそう漏らすと、近くの六十代くらいの女性から強い非難の眼差しを送られてしまった。

そりゃあそうだ。こんなに小さい子に毎日カップ麺を与えているなんて、やはり普通じゃない。美空もそう思うのだけれど、『あげてたのは私じゃないんです！　この子たちは人間じゃないから大丈夫なんです！』とは当然言えない。

あやかしにカップ麺が大丈夫なのかはわからないけれど。

「き、今日はオムレツ食べたでしょう？　あはは」

相模の口を押さえた美空は、笑ってごまかしたあと、彼を抱えてその場から離れた。

子供は正直だ。毎日食べていたのは事実なので、叱ることもできない。

それもこれも羅刹のせいだ。

「あぁ、もう疲れた……」

羅刹のもとに戻ると、今度は蒼龍がふらふらと離れていく。

「ねぇ、どこ行くの？」

本当にリードが欲しい。

そんなふうに拘束したらかわいそうだと思う一方で、好奇心旺盛な四人にはそのくらいしなければ無理だと悟った。

今度は蒼龍を追いかけていくと、彼はお菓子売り場でピタッと足を止める。

「そっか。子供だもんね。興味あるよね」

　羅刹にお菓子を食べさせてもらっていたかどうかは定かではないけれど、パッケージも色彩豊かだし子供の目を引く。ひとつずつ購入してもいいかなと考えていると、ほかの三人を連れた羅刹もやってきた。

「これなぁに？」

「それはラムネだよ。お口に入れるとシュワシュワするの」

　蒼龍の質問に答えると、彼は肩をすくめて顔をくしゃくしゃにゆがめてみせる。シュワシュワがわかるのだろうか。

　子供たちはあれこれ手に取って観察を始めた。売り場ではほかにも数人の子供たちが同じようにお菓子を選んでいる。

　ついさっきまで振り回されていたことを忘れそうなほどお菓子に没頭する姿を見ていると、ほのぼのする。

「ママ、これー」

　四人より少し年上の男の子が、キャラメルを母親にねだっている。

「キャラメルは歯にくっつくからダメよ。ほら、こっちのビスケットはどう？」

　母親は男の子の手からキャラメルを取り上げ、動物の形をしたビスケットを持たせた。

ダメと言うだけでなく、別の提案をして気をそらせばいいのか。

美空は母親の行動を見て子育ての勉強をしていた。

四人もこうしてほかの子と触れ合ううちに、いろんな振る舞いを身につけていくのだろうか。

頬が緩んでいた美空の目が点になったのは、その直後。

「ヤダー！　これがいい！」

なんとその男の子はビスケットを手で払いのけて、再びキャメルを手にしたのだ。

「虫歯になったら痛い思いをするのはあなたなのよ。こっちにしようね」

珍しくない光景なのか、母親はすこぶる落ち着いた態度で言い聞かせている。

「絶対こっち！」

男の子は意外と頑固で、キャメルを胸に抱えて放さない。

「なんと言われても買いません。ほら、キャラメルは返して」

子供たち相手におろおろしてばかりの美空とは対照的に、母親は動じる様子もなく強い口調で言い放つ。

「うわーん。こっち！　こっちがいい！」

泣きだした男の子が、床に寝そべり抵抗を始めた。

その瞬間、葛葉の目が輝いたのに気づいてしまい、背筋がゾクッとする。

「わーん」

「嘘……」

葛葉が男の子の隣に寝そべり、真似をしだしたのだ。もちろん泣いているわけではなく、満面の笑みを浮かべている。

「わー、キャハハハ」

当然残りの三人も続く。

笑い声をあげて楽しそうな子供たちは、新しい遊びだと思っているに違いない。

「ちょっ、寝転がらないで。ほら、立って」

「ねんね！」

「こんなところでねんねしないの！」

慌てて葛葉を起き上がらせたものの、桂蔵を立たせようとしている間に再び転がってしまう始末。

四人に驚いたのか、男の子は泣きやんできょとんとしている。

「ほら、ビスケットね。行くわよ」

男の子はあっさり母親に手を引かれて、お菓子売り場を離れていった。しかし四人の遊びは終わらない。

「ぐるぐるー」

「もうおしまい！　羅刹さん……え？」

羅刹にも助けを乞おうと振り返ったのに姿がない。

「逃げた？」

ありえない。

羅刹の鶴のひと声で子供たちの動きがピタッと止まることが多かったのに、その手も使えないとは。

美空は頭を抱える。

「お願いだからやめて！」

いつの間にか人だかりができてしまい、冷や汗が出る。

「そうだ。バナナ買おう。いる人？」

美空は思いつきでそんなことを言ってみた。お菓子ではなくバナナにしたのは、一刻も早くこの場から逃げたいからだ。

お願い、釣られて……と祈るような気持ちで見ていると、蒼龍がスクッと立ち上がる。

「バナナなにぃ？」

「甘ーい果物だよ」

「いるー！」

続いて桂蔵も起きた。

「いる人だけ買いに行こうね」

なんて、ついてこなかったらどうしようと思いつつ、賭けに出た。すると葛葉と相模もピョンと跳ね起きて歩きだす。

もともとお菓子が欲しいとごねていたわけではないので、バナナで釣れたようだ。

「助かったー」

「みしょら、なぁに？」

「なんでもない。バナナどこかな？」

相模に声を拾われたが、適当にごまかして事なきを得た。

全気力を振り絞った美空には、もう買い物を続ける元気もない。バナナだけ購入して店から出ると、羅刹とタマの姿が見えた。

「終わったか？」

涼しい顔で言う羅刹に怒りが爆発しそうになる。

「見てー！　バナナー。甘ーいの」

葛葉がバナナを見せて自慢すると、羅刹は鼻で笑い、タマまで馬鹿にしたような薄ら笑いを浮かべる。

「バナナで釣られたのか。ちょろいな」

「羅刹さん⁉」

逃げておいてそれはない。

鼻息を荒くした美空が文句を言おうとしたそのとき、羅刹が話し始める。

「お前たち、いい経験したな。美空にありがとうしろ」

思いがけないことを言われた美空は、瞬きを繰り返す。

「みしょら、あーっと」

「あーっと」

葛葉が先陣を切り、四人が次々とちょこんと頭を下げていく。なにに対するお礼なのか理解していないような気もするけれど、今日の苦労が報われた。

「ど、どういたしまして」

「それじゃ帰るぞ。もう寄り道するな。寄り道したらバナナはなしだ」

「はぁーい」

雑すぎる子育てをしている羅刹だが、意外と子供の扱いがうまい。

「洗脳されそう……」

進んでいく羅刹の背中を見ながら、美空は大きなため息をついた。


それからも四人の子たちと羅刹、そしてタマとの不思議な生活は続いた。子供たちの突拍子もない行動に、美空は一日中あきれたり叱ったりと大忙しだ。

子供たちは、たっぷり栄養補給をするとあやかしに変化してしまうため、食事のたびに耳やしっぽを出してしまう。羅刹が言うにはコントロールできるはずなのだが、夢中で食べ続ける子供たちに『気をつけて』と言うのもはばかられる。

それに最初は腰を抜かしそうだったが、最近は変化した姿がかわいく思えてきて、いちいち指摘しないことにした。家で食べるときくらいリラックスしてほしいのだ。

そんな四人は美空が購入した洋服を気に入ったらしく、毎日自分たちで着替えるようになった。着替えた子供たちが〝自分で着替えてすごいでしょ〟アピールのために、洗濯物を干している美空のもとに駆けつけてくるのが習慣となり、それはそれで頬が緩むようなほっこりする光景だ。

ただ、問題がないわけではない。今日はふたりのTシャツがうしろ前反対だ。まあ、その程度はかわいいもの。

「蒼龍くん、それは葛葉ちゃんのよ」

一番うしろをついてきた蒼龍を見て目を丸くした。葛葉のために買ったスカートをはいているのだ。一方葛葉は、蒼龍のズボンをはいている。年上の葛葉のほうが背が高いので、裾が短くちんちくりんだった。

血の気の多い葛葉と、おっとりマイペースな蒼龍。性格的にはこちらが正解なような気もするけれど、さすがにちょっと……。

「僕、これいいー」

「うーんと、スカートは女の子がはくものなのよ」

なんて、誰が決めたのだろうと思いつつ伝える。

「葛葉いやぁ。こっちー」

どうやら葛葉はズボンが好きなようだ。

「あはは」

苦笑いするしかない。

美空は、今度は全員ズボンにしようと考えながら、本人たちが気に入っているならこのままでいいかとあきらめた。納得がいく説明ができない大人の価値観を、無理やり押しつけるのも気の毒だ。

「いい天気だね」

庭の物干し竿がいっぱいになるほどの量の洗濯物を干しながら、薄いブルーの空を見上げる。

「おひさまー」

すると、子供たちが太陽に向かって両手を上げた。

「お日さまはじっと見ちゃダメよ」

羅刹が天知眼という特殊な目を持つように、この子たちも太陽の光を直接見てもなんともないのかもしれない。けれど、美空にはよくわからないので、人間の子供と同じように接する。

「タマ！　あしょぼー」

縁側で丸まってひなたぼっこをしているタマを見つけた葛葉が近づいていくと、薄目を開けたタマは、ピョンと跳びはねてどこかに行ってしまう。しかも「断る」という最低な声が聞こえた。

「みしょら、あーしょーぼー」

今度は桂蔵が美空の手を引っ張るが、美空はとあることをひらめいた。

「ねぇ、公園行ったことある？」

「みしょら、ねんねしてたー」

間髪を容れず返ってきたのは、桂蔵のひと言だ。そういえば、倒れたところをこの子たちに助けてもらったのも公園だ。

「あはっ、そうね。公園で遊んだことある？」

「ないー」

相模が期待いっぱいの目で見つめてくるけれど、なにを言いたいのかわかっているのだろうか。

「行ってみる？」

「行くぅ！」

珍しく四人の声がそろった。

「でも、私だけじゃ大変だから、羅刹さんも呼んできて」

美空が声をかけても絶対に無視される。ここは子供たちにせがませるのが一番だ。

要所要所しめてくれる羅刹だが、日常生活ではほとんど役に立たない。

くじの当選金で生活しているのは間違いではなく、いつも日当たりのいい部屋でのんびりしているだけの、いわゆるニート。

子育ても家事も美空に放り投げっぱなしで、身寄りのないこの子たちを引き取って育てていると聞いたときの感動を返してもらいたいくらいだ。

そこで美空は気がついたのだ。男は子育てをしなくてもいいと思っているのではないかと。

かつて日本もそういう時代があった。いや、今でもそう思っている男性はいる。けれども、それが間違いだと羅刹にもわかってほしい。特に四人もやんちゃ盛りの子がいるのだから。

ただ、美空が訴えたところで無視されて終わりだろう。それなら外堀をじわじわ埋めたい。公園に行って、同じように子連れの母親から〝手伝わないと、奥さんが大変よ〟の眼差しを送ってもらおうと思いついたのだ。

純粋に四人に遊びの場を与えたいという気持ちもあるのだけれど、とにかく羅刹をギャフンと言わせたい。ついでに、さっさと逃げるタマもだ。

「はぁ？　また美空が余計なこと言っただろ」

子供たちに無理やり部屋から連れ出された羅刹が、不機嫌顔で廊下を歩きながら髪に手を入れてかきむしっている。

『私は毎日かきむしらずにはいられないほど振り回されてるのよ！』と言ってやりたいところだが、一旦こらえて、笑顔を作った。

「羅刹さん。いいお天気ですし、子供たちが公園に行きたいと。何事も経験って大切ですよね」

先日ショッピングセンターで、『お前たち、いい経験したな。美空にありがとうしろ』と話した羅刹の言葉を逆手にとったのだが、「そんなん知るか」と仏頂面だ。

「暇なんだからいいでしょ？　行かないなら羅刹さんの部屋で暴れてもらいますけど」

美空も仏頂面で対抗だ。低いトーンで冷静に言うと「わかったよ」とようやく納得してくれた。

ただ着物姿では目立ちすぎるし遊べないと心配していたら、羅刹は洋服に着替えてきた。

「持ってるんだ……」

白いシャツに細身のブラックジーンズ。着物でもスタイルのよさがわかるのだが、脚の長さが際立っている。

「買い物に行くのに、着物だと目立つだろ」

「たしかに」

でも、先日ショッピングセンターに行ったときは着物だった。子供たちだけが注目を浴びないように気を遣ったのかもしれないと思ったものの、単に着替えるのが面倒だっただけの可能性もある。羅刹に過大評価は禁物だ。

スカートだと遊びにくいというもっともらしい理由で蒼龍もズボンに着替えさせて、早速出発。

「行くおー」

先頭で仕切るのは、やっぱり葛葉だ。

道路は危ないから必ず手をつなぐと約束させて屋敷を出ると、タマもちゃっかりついてくる。

タマが話をしている姿は普段からほとんど見かけない。子供たちの前ではニャーニャー鳴くだけなのは、しゃべる猫だと外でぶちまけられたら困るからという気がしている。子供の素直さはときに怖い。

双子は羅刹、あとのふたりは美空の担当。どうしてもじゃじゃ馬、葛葉のパワーに勝てないのでこうなる。

近所の家の庭のつつじを見て、「きれー」と笑みを浮かべる子供たち。こういう姿を目の当たりにすると、もっと外出させてあげたいという気持ちが湧いてくる。

「蜂さんには気をつけて。刺されると痛いからね」

花の蜜を求めて蜂が飛び交っている。なにも考えずに手を出しそうだと思った美空は、釘を刺した。

「蜂しゃん、ブーン」

「そうね。ブンブン音がするね」

観察力があるのは蒼龍だ。そんな蒼龍を見ている羅刹の表情が意外にも柔らかくて、美空の心が弾んだ。外出するのが嫌そうだったのに、まんざらでもなさそうだからだ。

育児放棄気味の羅刹も、子供たちがかわいいのかも。

そんなふうに感じたけれど、だからといって毎日の育児丸投げは許されない。

「先に進もうね」

これでは公園に着く頃には日が暮れてしまいそうだと思った美空は、四人を促した。

「わぁ！」

美空が倒れた小さな公園とは違い、たくさん遊具のあるその公園は、暖かな日差しも手伝ってか親子連れの姿が多く見られた。ママの集団がふたつできていて、それぞれおしゃべりを楽しんでいる。あれがママ友というものなのかと美空は観察していた。

子供たちは目を輝かせて一目散に駆けていく。人間と変わりない光景に、自然と頬が緩む。

公園でのマナーを教えてはいないが、葛葉と桂蔵は滑り台の順番をきちんと待っている。日々ケンカばかりの彼らに口を酸っぱくして注意してきたことが少しずつ浸透しているようでホッとした。

「みしょらー」

泣きべそをかいて呼んでいるのは、相模だ。彼はブランコに座ったまま、隣で勢いよく漕ぐ少し年上の女の子を見て眉間に深いしわを寄せている。おそらく、どうしたらいいのかわからないのだ。

美空は近寄っていってブランコを揺らし始めた。

「漕ぎ方ってどうやって教えるんだっけ?」

なかなか口では伝えづらい。それに、自分もどうやって習得したのかさっぱり覚えていない。

少しずつ振り幅を大きくしていくと、「ふぇぇぇーん」と相模が泣きだしたので慌てて止めた。

「どうした?」

「怖ーい」

揺らしてほしがっていると思ったのは勘違いだったのか、それとも楽しそうだと思ったのに期待外れだったのか。相模の胸の内はわからないけれど、ブランコデビューは失敗のようだ。

両手を美空のほうに向けて〝抱っこして〟のポーズをとる相模を抱き上げる。すると、強くしがみついてきた。

相模は少し怖がりなところがある。葛葉だったら『もっとー』とケラケラ笑っていそうだ。

「それじゃあ、お砂で遊ぼ……なに、あれ？」

近くの砂場に視線を向けると、若いお母さんたちに囲まれて頭を撫(な)でられているタマがいた。タマは気持ちよさそうに目を細めている。

「外面(そとづら)よすぎでしょ」

買い物のとき、子供たちに振り回された美空を見て、猫のくせに笑っていたタマを思い出すと腹が立つ。

そもそも今日は、いつも仕事を丸投げしてくる羅刹や、子供たちが遊ぼうと近づくと姿を消す要領のいいタマを、ギャフンと言わせるために来たのだ。世の母親たちに嫌悪の目を向けてもらおうと企んでいたのに気に入られているとは、侮(あなど)れない。

――ニャン、ニャーン。

「かわいい。毛並みもきれいでハンサムね」

――ニャーン。

色白で目がぱっちりした美人のママの脚に頭をすり寄せて甘えるタマを見て、美空はあきれた。家ではこんなにかわいらしく鳴いたことなんて、一度もないからだ。

『その猫、時々毒を吐きますよ』と口から出かかったものの、タマが話せることは当然言えず唇を噛みしめた。

そういえば、羅刹はどうしているのだろう。どうせどこかのベンチに座ってぼーっとしているのだろうなとあたりを見回したが姿が見えない。

「まさか、帰った？」

最悪の状況が頭をよぎったものの、「キャハハ」という葛葉の大声が聞こえてきたので滑り台に視線を向ける。

「いた」

すると意外なことに、桂蔵のうしろをついて滑り台の階段を上っていく羅刹の姿があった。

家ではどれだけ子供たちが遊びに誘っても浮かない顔をして部屋に引っ込んでしま

うし、美空が育児で髪を振り乱していても基本無視。そんな羅刹が滑り台で遊んでいるなんて信じられない。

「みしょらー、おしゅなー」

「そうだったね、ごめん」

相模を砂場に誘ったことなんてすっかり頭から抜けていた。手を引かれて我に返り、謝った。

「こんにちは。一緒にいいですか?」

公園デビューもなかなか大変だと聞いた覚えがある。相模を連れて砂場に行き、ドキドキしながらタマを撫でる三人のママたちに声をかけた。

「こんにちは。どうぞどうぞ」

嫌な顔をされなくてよかった。第一関門を突破してホッとひと息。相模と砂で山を作りながら、もう一度滑り台に視線を送ると、羅刹が双子と一緒に何度も滑っている。

一体、なにが起こっているのだろう。

羅刹らしからぬ行動に、美空の頭の中は疑問符だらけになった。

「あの人、旦那さん?　いいパパね」

タマがすり寄っていたママが話しかけてくれる。

羅刹を旦那さんと言われて戸惑うも、兄妹というのもおかしい。ここは夫婦の振りをしておくのが最善だろう。

「そうでもないですよ」

羅刹の子育て放棄ぶりをほかのママたちから非難してもらう計画だったのに、賞賛をもらうとは。作戦は大失敗だ。

「この子は何歳かしら？」

「あっ、すみません。相模といいます。二歳です」

羅刹に気を取られて自己紹介を忘れていた美空は慌てて言った。

「相模くんね。うちの子は雄平。あそこで三輪車に乗ってるのがそう。三歳です」

「雄平くんですね。三輪車上手」

「相模くんは乗らないの？　そろそろ乗れるんじゃない？」

「しゃんりんしゃ？」

砂山を作っていたはずなのに、いつの間にか穴掘りに夢中になっている相模が聞く。彼はどうやら三輪車を知らないらしい。

「ほら、あそこにいる雄平くんが乗ってるの」

「しゃんりんしゃ、すごぉい」

美空の言葉に合わせて立ち上がる相模は、興味津々だ。

「えっと、パパのところにいるのは双子ちゃん?」

「はい。今滑ったのが葛葉。そのうしろが桂蔵です。三歳です」

「年子で双子がいるって大変ね」

会話は続いていたものの、美空の目は蒼龍を捜していた。さっきまで芝生広場でぐるぐる回っていたのに姿が見えず、ひどく焦る。しかし、ほどなく近くのベンチにちょこんと座って空を見上げているのを見つけた。蒼龍は食事のとき以外はのんびりしている。

「そうですね……」

「あれっ、もしかしてあの子も?」

「実はそうなんです」

美空の視線に気づいたママたちがざわつきだす。

「四人ってすごいわね。ひとりでもてんてこ舞いなのに。あの子は何歳?」

今度は別のママから尋ねられて困ってしまった。二歳がふたりに三歳の双子なんてありえないからだ。

子供たちの年をごまかそうにも、同じくらいの年頃の子を持つママたちに嘘は通用しないだろう。とはいえ全員母親が違って、しかも自分の子ではないなんて、ややこしすぎて説明できない。

「あの子も二歳でして。蒼龍です」

どうとでも解釈してと、あきらめながら正直に答えた。

「二歳？」

いろいろ計算が合わないのを察しただろうママたちは、「あー、そう」と互いに目配せしている。

「子連れ同士の再婚、とかかな？」

「そんなところです」

それが一番しっくりくる説明だと思った美空は、曖昧にごまかした。

「大変ね。うちの子はピンクの服のほうで、沙良。二歳半よ。よろしくね」

「うちは奈美。もうすぐ三歳。よろしく」

ふたりの女の子は、少し離れたところで砂を型抜きして遊んでいる。

ギクシャクしてしまうかと思いきや、意外にもすんなり受け入れてもらえた。

「もうね、育児に疲れちゃってて、愚痴ばっかりだけど許してね」

雄平ママが眉をひそめて言うと、ふたりのママも賛同するように頷いている。

「とんでもない。私も……」

羅刹へのうっぷんがたまっている美空は、全部ぶちまけて共感が欲しいところだったが、あまり余計なことまで話して夫婦でないのを知られたらまずい。

喉から出かかった言葉を呑み込んだ。

「穴、れきたー」

相模は怖がりだけど集中力があるようだ。大きな穴を掘っていた。

「すごいね。タマがすっぽり落ちそうね」

ママたちの間で愛想を振りまいているタマに向かってわざと言うと、タマはあからさまに顔をしかめた。

「この猫ちゃんも家族なのね」

「はい。いろいろ由来があるのですが、タマという名前です」

「クソッタレ！」

「ん？」

名前の由来を説明されるのが気に食わないらしいタマは、目をつり上げて声をあげた。焦ってタマをにらむと、ママたちはキョロキョロしている。

「なにか聞こえた気がしたけど、空耳かしら？　それで、由来って？」

奈美ママに改めて尋ねられたのでタマを見ると、毛を逆立たせて威嚇ボーズを取っている。でも、少しも怖くない。日々の態度に怒っているのは美空のほうだ。

「目が珠のようにくりくりしていたからタマです」

仕返しとはいえあの由来を説明するのもはばかられて、適当にごまかした。

「なるほど。かわいいお目々ね」

雄平ママに褒められて、たちまちデレデレになるタマにあきれる。好きなタイプなのかもしれない。雄平ママの隣を離れないのだ。

「それにしても、いいパパね。うちはまったく手伝ってくれないのよ」

奈美ママが羅刹に視線を送って言う。

手伝わないということに関しては美空も深く同意するが、目の前の羅刹の父親ぶりがあまりにもパーフェクトなので言い淀んだ。

羅刹は空の観察が終わった蒼龍も連れて、今度は動物型のスイング遊具で遊び始めた。しかも自分もパンダに乗り、壊れるのではないかというほどグワングワン揺らしている。

「僕もやるぅー」

四人の姿を見つけた相模は穴掘りに飽きたらしく、遊具のほうにすっ飛んでいく。

「ちょっと待って……！　あの、こちらでいつも遊んでいらっしゃるんですか？」

「ええ。よかったらまた来てね」

「ありがとうございます。それではまた」

公園デビューは、一応成功したようだ。

子供たちも生き生きと走り回っているし、これからほかのママたちに子育ての悩みを相談できるだろう。

ただ、羅刹とタマをギャフンと言わせられなかったのだけは悔しい。なにせ一番近くにいる羅刹は、逃げるばかりで役立たずだし。

美空が相模を追いかけ始めると、タマもついてきた。

「お前、さっきのはなんじゃ」

「なによ、きれいなママたちに囲まれて鼻の下をビョーンと伸ばしちゃって。ぐうたら猫のくせに」

「はぁ？　わしの鼻は相模みたいに伸びやせん！」

「鼻じゃなくて鼻の下よ。羅刹さんもタマも外面はいいんだから。いつも私に全部押しつけるくせに！」

思惑が外れてしまった美空の声が大きくなっていく。

「お前の要領が悪いだけじゃ。なーんにも取り柄がない人間はこれじゃから」

「あっそう。もうご飯いらないんだ。カップ麺ね」

「お前、俺さまを脅すとは百年……いや一万年早いわ！」

猫とケンカしてる……。

ふと冷静になった美空は、いつの間にやら不思議な存在の彼らをすっかり受け入れていることに気づいた。

「それから、羅刹は許してやれ」

「なんで？」

タマが意外なことを言うので首を傾げる。

「羅刹にはこういう時間がなかったんじゃ。なまじっか力を持って生まれてきてしまったせいで、両親と過ごした記憶もほとんどないはずじゃ」

「そんな……」

タマの口から飛び出した衝撃的な告白に息を呑む。

「そのくせ、期待だけは背負わされて……。あんなに曲がった男に」

曲がった男というのには深く共感するけれど、期待ってなんだろう。

「どういうこと？」

「取り柄のない人間は知らなくていい」

「そこまで言っておいて、それはないんじゃ」

そんな意味深長な言い方をされたら、誰でも知りたくなるものだ。

「焦らし作戦じゃ。飯作れよ」

知りたいならカップ麺ではないものを食べさせろということらしい。一筋縄ではいかない猫だ。

相模がひと足早く羅刹のところにたどり着き両手を上げる。すると羅刹は片手で抱き上げて、自分が座っていたパンダに座らせた。どこからどう見ても子煩悩な父親だ。

「うぁー、ビヨンビヨン」

「ブルブル」

それぞれいろんな言葉で動きを表現する子供たちは、笑顔が弾けている。

「みしょらー、おいでー」

キリンに乗る葛葉が呼んでいるので近づくと、いきなり「あーっと」とお礼を言われて驚いた。

「なにが?」

「おもしろー」

葛葉は自分の頬を両手で包み込み、体を揺らして楽しさを表現しているようだ。

公園に連れてきてくれてありがとう、ということらしい。

うれしくなった美空は「また来ようね」なんて、つい安易に約束をしてしまう。

「みしょらー、好きぃ」

葛葉との会話を隣のゾウに乗って聞いていた桂蔵がそう言うので、なんとなく照れくさい。

「ありがと」

「みしょら、しゅいた」

そんな中、お腹を押さえてマイペースを貫くのは、クマに乗っていた蒼龍だ。

「そうね、おうちに帰ってお昼ご飯にしよう！」

「はぁーい」

こういうときは、四人の声がきれいにそろう。

いつもふたつ返事だとありがたいが、そうもいかないのが子供というものだ。

美空はそんなことを考えながら、チラッと羅刹を見てしまった。

あの適当な鬼にも、複雑な過去がありそうだ。

彼らに拾われたあの日、自分だけ不幸のどん底にいると思い込んで絶望していたけれど、皆それぞれ抱えているものがあるのだ。それでも、こうして今を生きている。

「頑張ろ」

「そういえば、さっき葛葉が障子破ってたぞ。帰ったら張り替えておけよ」

羅刹が思い出したように言う。

「え？　私、ご飯を作らないと」

「そのあとでいい」

自分でやるという選択肢がない羅刹に腹が立つ。

「そんなにいろいろできません」

「お前には三十万の価値があるんだろ？」

ここでその話を持ち出すのはずるい。

「三十万以上の働きをしていると思いますけど」

毎日フル回転なのに、これ以上を求められても無理だ。

「それじゃあ四十万出す」

「またくじやるんでしょ！」

打ち出の小槌（こづち）を持つ羅刹にとっては、三十万も四十万も変わりない。

「お前、馬鹿じゃないらしいな」

鼻で笑う羅刹は、葛葉と桂蔵を従えて歩き始めた。

第四章　妖狐の変化は幸せを運ぶ

家にいると体力が有り余っている子供たちのいたずらはすさまじく、羅刹もおちおち昼寝をしていられないようだ。

「静かにしろ！　昼寝もできないじゃないか」

短い脚をちょこちょこ動かして廊下でかけっこをする子供たちを、部屋から出てきた羅刹が一喝した。

「ずっと寝てましたよね？　少しは面倒見てください。全然協力してくれないんだから！」

庭で洗濯物を干していた美空は、冷たく言い放つ。

羅刹だけでなくタマはタマで、四人が遊びたがって近づいていくと素早く逃げて雲隠れ。子供たちが去るのを見計らって出てきたタマに、『乱暴なガキの相手なんてできるか！　お前の育て方が悪いのじゃ！』と言いがかりをつけられたばかりで、美空は虫の居所が悪いのだ。

「飯をよく食べるから、こんなに走り回るんだろ」

食事を作る美空が悪いと言っているのだろうか。さすがに怒りが頂点に達して、手に持っていた濡れたタオルを羅刹に向かって投げつけた。

「子供はこれが正常よ！　預かったなら責任持ってよ！」

悔しくて泣きそうになった美空は、洗濯物干しを途中で放棄して二階の部屋に駆け込んだ。

「みしょらぁ」

「おいでー」

しばらく放心していると、階下から子供たちの声がする。二階に上がってこないのは、階段が危険だと羅刹にきつく注意されているからだ。やんちゃ放題の彼らでも、真剣に話をすればきちんと言いつけを守ってくれる。

「私まで……ダメね」

これでは羅刹やタマと同じだ。子供たちに罪はない。

気持ちを切り替えて下りていくと、四人が一斉に抱きついてきた。どんなに育児が大変でも、こういうかわいらしい瞬間があると頑張ろうと思える。

「みしょらあ。いっちょ」

「一緒？」

桂蔵が泣きそうな顔で訴えてくるけれど、よく意味がわからない。

「いっちょ、いいー！」

相模もそう言いながら美空のジーンズを強く握った。

「いなくなる？」

「やぁだぁ」

葛葉と蒼龍まで顔をゆがめて口々に言うので、驚く。子供たちは一緒にいてほしいと訴えているのだ。

「いなくならないよ。ここにいる」

彼らは一度両親との別れを経験している。だから別れを過剰に怖がっているのかもしれないと感じ、安心させる声がけをした。

「ほんと？」

「ほんとだよ。皆のこと大好きだから、一緒にいる」

ひとりずつ順に目を合わせながら話すと、どうやら納得したようだ。

「好きぃ」

いく。

「私も好きよ」

四人まとめて抱き寄せるのもなかなか大変だけれど、心に温かいものが広がって

この子たちに拾ってもらえてよかった。あの公園で死ななくてよかった。美空はし

みじみそう思った。

しかしこんな心打たれる場面でも、蒼龍のお腹はグゥゥゥと大きな音を立てる。

「しゅいた」

感動の余韻もなにもない発言に、おかしくて噴き出した。食欲には敵わないらしい。

「お昼ご飯、早めに食べようか。作るから遊んでいられる？」

「はぁい！」

すっかり元気を取り戻した子供たちは、四人連なって奥座敷のほうにすっ飛んでい

く。ケンカばかりだけれど、本当は仲がいいのだ。

元気いっぱいなので忘れそうになるけれど、両親と離れて彼らが心に負った傷は深

いに違いない。

切なくなってしまった美空は、その傷を少しでも癒せるようにおいしい食事を作ろ

うと台所に向かった。

　この日の昼食は、子供たちが大好きなオムライス。ただし、どうしても許せない羅刹とタマにはカップ麺を用意した。するとそれを見た羅刹はあからさまに肩を落とし、タマは猫のくせに顔をしかめて天を仰いだ。

　ケチャップを口の周りにつけ、半分あやかしに変化しながらあっという間に食べ尽くした子供たちは、手を洗ったあとどこかに駆けていく。

　カップ麺をズルズルすすり終わった羅刹がなぜか茶の間に残っていたものの、それを無視して、美空は皿を洗い始めた。羅刹が近づいてくる気配がするけれど、もちろん放っておく。

「さっきは悪かった」

「カップ麺が嫌だから謝ってるだけでしょ？」

　美空は洗い物の手を止めないどころか、振り向きもせずに言った。そんなに簡単に許せないのだ。

「……わからないんだよ」

「なにが？」

「あいつらのために、俺はなにをしたらいいのか。俺には幼い頃の楽しい記憶がない。だから、あいつらがなにを望んでいるのかさっぱりなんだ」

羅刹の告白に驚いた美空は、蛇口をひねって水を止めて振り返る。すると、ばつの悪そうな顔をした羅刹が立っていた。

「そんな難しいことを考えなくてもいいんじゃないですか？　私だってよくわからないんです。うまくかかわれなくたって、あの子たちが笑ってくれるとうれしいでしょう？　それで十分だと思います」

十分というか、それ以上を望まれても、すでに限界を超えているのだから無理な話だ。

「笑うと、うれしい……」

「違うんですか？」

噛みしめるように言う羅刹に尋ねる。

「そうだな。うれしい」

羅刹がいやに素直で拍子抜けだ。

「羅刹さんは、あの子たちみたいに走り回ったりしなかったんですか？」

たしかにうるさいと思うけれど、子供の頃は誰しもそうだったはずだ。

「走り回ったり……。俺は、そんなことはできなかったから」

「できなかった？」

「なんでもない」

羅刹は口を閉ざしてしまった。

そういえば、公園で子供たちと楽しそうに遊ぶ彼を見て、タマが『羅刹にはこういう時間がなかった』と話していた。美空には信じられないけれど、本当に遊んだ経験がないのかもしれない。どんな生活を送っていたのか気になるが、よい思い出ではなさそうなので聞かないでおいた。

「とにかく、下手でもいいから子供たちともっとかかわってください」

「わかったよ」

本当にわかったのかどうかは怪しいけれど、今さら子供たちを見捨ててここを出ていくこともできない。それなら、羅刹ともうまくやっていかなければ。

そう思った美空は、今回は仲直りすることにした。

翌日から二日雨が続いた。ずっと家の中で退屈していた四人が、太陽が顔を出した途端、「みしょらぁー」と甘え声を出して駆け寄ってくる。

「公園！」

「いこー」

桂蔵と葛葉が申し合わせたかのように絶妙なタイミングで言う。さすがは双子だ。

「そうね、行こうか」

美空も公園に行きたかった。なぜなら……このいたずら盛りの子供たちを家の中で過ごさせるには、とんでもない労力が必要だからだ。

外遊びができずストレスのたまる子供たちは、すぐにケンカを始める。

特に桂蔵と葛葉の兄妹ゲンカはすさまじく、取っ組み合いという言葉がぴったりだ。おもしろがって参戦した相模は吹っ飛び、双子はそれぞれ額にたんこぶを作った。

蒼龍だけは相変わらず傍観者で、おっとりしているのが幸いして難を逃れている。

そんな子供たちを相手にしている美空もふらふらだ。

けれども、自分の作った料理を『おいちー』と目尻を下げて食べてくれたり、なにかしてあげると『あーっと』とちょこんと頭を下げたりする彼らがかわいくてたまらず、なんとか踏ん張っている。

もうひとり、いやもう三人自分がいればいいのにと思うこともしばしばだが、会社が倒産してなにもかも失い、死を願っていた頃と比べたら格段に恵まれている。

「羅刹さんにお願いしてきて」

「らしぇっ！」

さすがにひとりで四人を連れていくのは無理なため美空が言うと、子供たちは羅刹を呼びに走った。

羅刹を〝パパ〟や〝お父さん〟ではなく〝羅刹〟と呼ぶ彼らは公園で不思議がられた。しかし複雑な家庭環境だという設定が利いていて、『いろいろ大変ね。でも旦那さん美形だし、パパより名前呼びのほうが合ってるかも』となぜか持ち上げられて、羅刹はまんざらでもない様子だった。ただし、美空は羅刹の外面のよさに、いまだ腹を立てている。

「またかよ」

どうやら昼寝をしていたらしい羅刹は、着物をだらしなくはだけさせたまま寝ぼけ眼（まなこ）をこすりながら部屋から出てきた。適当すぎる彼も、四人に迫られたらノーとは言えないらしい。

渋々ではあるものの洋服に着替えた羅刹と、どこからか姿を現すタマと一緒に公園に向かった。

『乱暴なガキの相手なんてできるか！』と啖呵（たんか）を切ったタマがついてくるのは、雄平ママ狙いだからだと美空は知っている。いつも彼女にぴったり寄り添い、デレデレなのだ。多分、タマは面食いだ。

初めて公園に行ったときは子供たちと一緒になって走り回り、無邪気な姿を見せていた羅刹も、次第に飽きてきたらしい。手を引かれて仕方なしに滑り台には行くが、滑ることはなくなった。

それにしても、彼の幼少時代になにがあったのだろう。

あやかしの世界の生活なんて、美空にはまったく想像できない。タマはもったいぶって教えてくれないし、羅刹も詳しくは話したがらないけれど、両親の記憶はおろか遊んだ経験もないのだとしたら少し気の毒だ。

子供たち四人は親を亡くしたりはぐれたりしたようだが、平穏な暮らしを望めないような恐ろしい場所なのだろうか。羅刹がわざわざ人間の世に来て暮らしているのもそのせいだとしたら、なおさら楽しい場所にしなければと美空は思う。

雄平たちにかくれんぼを教えてもらった四人は、必死に隠れているものの丸見えだ。

羅刹は彼らを遠巻きに見ながら、木陰で休憩している。

「皆、かわいいわね。蒼龍くんに至っては隠れる気がないみたい」

奈美ママがクスクス笑っている。

子供たちはお尻が出ていたり話し声がしたりするものの一応物陰に潜んでいるのだが、蒼龍だけはベンチに寝そべっているのだ。ベンチと一体化しているつもりなのかもしれない。

「多分、あれでも隠れているんだと思いますよ」

「あら、これは失礼したわ」

朗らかに笑う母親たちともすっかり打ち解けて、美空にとっても肩の力が抜ける時間になっている。

「あれっ？　あのおばあさん、また来てるわね」

沙良ママが言うので視線を向けると、白髪交じりの六十代くらいの女性が少し離れたベンチに腰掛けて、遊具に隠れる桂蔵をじっと見ていた。

「あっ、先日相模を助けてくれた方だ」

美空はそのおばあさんに見覚えがあり、声をあげた。

先日、美空が目を離した隙に相模が転んでしまい、近くにいたあのおばあさんがすぐに駆けつけてくれたのだ。幸いケガはしなかったのだが、泣きべそをかく相模を優しく慰めてくれた。

「知ってるんだ」

奈美ママに言われて頷く。

「相模が転んだときに助けてくださったんです。あのおばあさん、ここによく来られるんですか？」

「実はね……」

深刻な表情の雄平ママの話に、美空は顔をゆがめる。

どうやらあのおばあさんには三歳半の孫がいて、仕事をしている母親に代わってよくこの公園に連れてきていたらしい。しかし、帰り道におばあさんの手を振り切って走りだした孫がトラックにひかれて亡くなってしまったのだそうだ。

おばあさんは、時折思い出の詰まったこの公園に来て、ああして過ごすのだとか。亡くなった男の子はちょうど桂蔵と同じくらいの背格好だったらしく、手で顔を覆っている様子から、桂蔵を見て泣いているのだとわかった。きっと孫を思い出したのだ。

「悲しいですね」

四人と一緒に生活していると、どれだけ振り回されても情が湧く。あまりの無茶ぶりに怒りが頂点に達して雷を落とすことはあれど、嫌いになることなんてない。反省して『ごめんなしゃい』と涙を浮かべる彼らを前にすると、ギューッと抱きしめたくなる。

血のつながらない美空ですら目に入れても痛くないほど四人が大切な存在になって

いるのに、孫が目の前で逝ってしまったなんて。

おばあさんの苦しみを思うと、美空の胸は痛んだ。

「近所の人に聞いたんだけど、男の子のお母さん――おばあさんからすると娘さんが、それはそれはすごい剣幕でおばあさんを責めたみたい。気持ちはわかるのよ。私だって奈美がいなくなったら、きっとそうなるから。ただ、おばあさんの立場だとねえ……」

奈美ママは眉をひそめて小さくため息をついた。

大切な息子を突然亡くし怒り狂う気持ちは、美空にも理解できる。けれども、雄平ママの話が正しいならば、男の子はおばあさんの言いつけを聞かずに飛び出してしまったのだろう。桂蔵を見て孫の姿を重ねて泣くおばあさんだって、すさまじいショックを受けて自分を責めたはずだ。

「そう、ですね……」

もし自分がおばあさんの立場だったら、と考えてしまい胸が痛くなったが、泣くのはなんとかこらえた。

三人がそろそろ帰ると言うので、子供たちを見守る振りをしながらずっと木陰で休憩していた羅刹と合流しようとすると、雄平ママにべったりだったタマもついてきた。

「なかなか壮絶な話じゃな」

「おばあさん、つらいでしょうね。なんとかしてあげられないのかな?」

「余計なことに首を突っ込むな。お前は平凡な人間じゃ。なにもできん」

正論をぶつけられて、美空の顔は険しくなる。

「そうだけど、そんな言い方しなくても」

「能力以上の仕事を請け負うと命を落とすこともあるのじゃぞ」

タマは珍しく引き締まった顔つきで語気を強める。

「そんな大げさな」

「大げさではない」

「私、育児も家事も限界を超えてるんだけど」

まさに能力以上の仕事を押しつけられてふらふらになっている。

「……それは、あれじゃ」

急に声のトーンを落としたタマはそれから黙り込んだ。

「なに? 命を落とすかもしれないから手伝ってくれるよね」

「よいか。金輪際(こんりんざい)、俺さまに指図するな」

「俺さま? 食い意地の張った、ぐうたら猫の間違いね」

美空が冷たく言うと、タマはピョーンとひと跳ねしてどこかに消えてしまった。

「都合が悪くなると逃げる！」

『能力以上の仕事を請け負うと命を落とすこともある』という言葉が耳にこびりついて離れない。あのおばあさんもそうだったということだろうか。

けれども、孫の世話を頼まれたら喜んで引き受ける祖父母は多いはず。

羅刹のところに着くと、なぜか彼はじっと見つめてくる。

「なにイラついてるんだよ。不細工だぞ」

「ぶ、不細工……？　失礼すぎです！」

デリカシーの欠片もない羅刹に腹が立つ。

「見たままを伝えただけだ」

「それが失礼なんです！　そんなことより……」

タマに『お前は平凡な人間じゃ。なにもできん』と言われたとき、ふと思いついたことがあった。平凡な人間の美空にはなにもできないが、どうやらそれなりの力を持つらしい鬼にならなにかできるのではないかと。

ただ、具体的になにができるのか美空にはまったくわからない。羅刹が天知眼という特殊な目で過去や未来、そして遠くを見通せることは知っているが、ほかになにができるのか聞いていないからだ。

葛葉と一緒になぜか草をむしり始めた桂蔵を見つめながら、ママたちに聞いた話を羅刹にも伝えた。

「それで？」

「羅刹さんの力でなんとかなりませんか？」

おばあさんに視線を移すと、うつむいて何度も涙を拭っている。

「お前、面倒事が大好きだな」

「なんとでも言ってください。でも気になるんです」

美空が訴えると、羅刹は難しい顔でため息をついている。

「羅刹さん！」

「しょうがないな。今日の晩飯、肉にしろよ」

羅刹はそう言うと、右目を手で押さえる。天知眼を使うのだ。

一瞬にして真っ赤になった左目はおどろおどろしいけれど、おばあさんを救う手がかりがつかめるならと期待が高まった。

「みしょらぁ」

「え……」

とても大切な瞬間なのに、まったく空気を読まない蒼龍が近づいてくる。二歳児に空気を読めというのも無謀だけれど。

「嘘……なにしたの？」

ついさっきまで相模と滑り台を滑っていたはずだ。それなのに、お尻がドロドロに汚れている。

「ちゃんこー」

「ちゃんこ？」

蒼龍が得意げな顔で指さす方向を見ると、昨日までの雨でできた水たまりがあった。

「はまっちゃったの？」

「あぁ、蒼龍は水が好きだから気をつけろ」

目の色がもとに戻っている羅刹がさらりと言う。

……ということは、わざとはまったのかもしれない。そういえば、いつもまったりのんびりの彼は、食事と風呂のときだけ変なスイッチが入ってハイテンションになるのだ。

予想が間違っていないと美空が確信したのは、〝冷たくて不快だ〟と訴えに来たとばかり思っていた蒼龍が、楽しそうにニタニタ笑っているのに気づいたときだった。

「ねぇ、水遊びはお風呂だけにして」

美空は大きなバッグからタオルを出して、蒼龍の汚れたお尻を拭きながら羅刹を見上げる。

「それで、どうだったんですか？」

蒼龍も大変だが、今はあのおばあさんだ。

「桂蔵と似てるな。髪型があんな感じだった」

亡くなった孫を見たような言い方をする羅刹に、美空はあんぐり口を開ける。

「もう魂（たましい）はあの世に行ってしまったが、ばあさんが泣くのを見てつらそうにしてる」

「えっ？」

天国に旅立った魂のことまでわかるとは。

驚きのあまり、美空の手が止まった。

「それと、あのばあさん……」

羅刹は途中までなにかを言いかけたけれど、蒼龍を見て口を閉ざした。子供には聞かれたくないのかもしれない。

「みしょらー。ないない」

「ん？」

今度は相模が美空の腕を引っ張ってなにかを訴えている。

「鳥しゃん、ないないしたー」

鳥と遊ぼうとしたら逃げられたということだろうか。

半べそをかく相模だが、それはさすがに仕方がない。でも、羽を持つ天狗だけに鳥を仲間だと思っていたりして。最初に空を飛ぶ飛行機に気づいたのも相模だったし。

「そっかー、残念」

「やだぁ」

たちまち顔をゆがめて泣きだす相模を、どうなだめようかと頭を悩ませた。

「あれはカラスだ。仲良くできる鳥じゃない」

「カラス？」

〝鳥しゃん〟と言うから、スズメのような小さくてかわいらしい鳥を想像していたのに、カラスだったとは。

「気をつけろ。あいつらは小さい者には強い」

羅刹たちと話をしていると、力の抜けるようなほのぼのとした会話の合間に、ときどき緊張するような言葉が挟まれる。やはりあやかしの世界は厳しい場所に違いない。

「仲良ししたいの」

「無理だと言ってるだろ。あきらめろ」

羅刹は、カラスと仲良くなりたいという相模の願望をバッサリ切り捨てる。これはさすがに美空も同意だ。

「ばあばも鳥しゃんバイバイちたの?」

羅刹に向かってふと漏らした桂蔵の言葉に、美空はハッとした。おばあさんが泣いているのに気づいていたようだ。

「お前、ばあさん助けるつもりある?」

「つもりゅー」

羅刹の質問にちょっとおかしな返事をする桂蔵だが、どうするつもりなのか美空には予測できない。羅刹ならなにか手立てがあるのではないかと期待していたものの、子供たちを巻き込むつもりなどなかったので不安になる。

「羅刹さん――」

「帰るぞ。早く帰らないと、蒼龍のケツが風邪をひく」

美空の言葉を遮った羅刹は、おばあさんについてはなにも触れず、素知らぬ顔で歩きだした。

その晩。子供たちは公園ではしゃぎすぎたらしく、風呂に入ると枕投げもせずにコテンと眠りについた。

親指を吸いながら眠るのは桂蔵だ。蒼龍は大胆に大の字になり、葛葉はなぜか桂蔵に蹴りを入れているような恰好。寝ているときまで攻撃的だ。相模はうつぶせでよだれを垂らしている。

個性豊かなあやかしの子供たちの人間の子と変わりないかわいらしい寝顔に、笑みがこぼれた。

二階に自分の部屋がある美空だが、初日からほとんどこの部屋で眠っている。というのも、疲れ果てて寝かしつけをしながらそのまま眠ってしまうからだ。

ただ今日は、あのおばあさんの涙が気になって寝つけなかった。

天井を見つめながらぼーっと考えていると、障子がスーッと開いたのでそちらに顔を向ける。羅刹だと思ったのに姿がなく緊張が走ったそのとき。

「うわっ」

ピョンと跳びはねてきたタマに思いきりお腹の上に乗られて変な声が出た。

「うるさい。ガキどもが起きる」

タマのせいなのにとんだ言いがかりだ。美空は言い返したかったけれどグッとこらえた。せっかく寝たのに、もう一度寝かしつけるなんてごめんだ。

「羅刹が呼んでいる」

「羅刹さん？」

もしや、おばあさんの話だろうか。

美空は期待しながら羅刹のいる部屋に向かった。

「美空です」

廊下から声をかけると、「入れ」と促されて障子を開けた。

浴衣姿の羅刹は首元が少しはだけ気味で、上下に動く喉仏になんとなく視線が向いてしまう。

「座れ」

「はい」

座卓を挟んだ向かいの座布団を指されて正座をする。すると羅刹が妙にまじまじと見つめてくるので、恥ずかしくて顔を伏せた。

「ひどい顔」

「は？」

「クマができてる。昼間は化粧が濃いし……」

そんなことを言うために呼び出したのだろうか。無神経極まりない彼を前にして、完全に堪忍袋の緒が切れた。

「クマは誰かさんが手伝ってくれないからでしょう？　化粧は日焼け予防です！」

そんなに厚化粧はしていない。そもそもする暇がないのだ。ただ、庭や公園で遊びに付き合わされるため、日焼け止めだけは隙を見て塗っている。そのせいか、肌も荒れ気味だった。

「もう！　失礼します」

腹を立てた美空が立ち上がろうとすると、「まあ、待て」と座布団に丸まったタマに止められた。

「クマができるから寝たいんですけど」

「眠れないくせして」

羅刹は美空の心を見透かす。まったくその通りで、言い返せない。

「あのばあさんだけど……」

「はい」

美空は一転身を乗り出す。すると羅刹は苦々しい顔で続けた。

「あと二日だ」

「なにが?」

羅刹はいつも言葉が足りなくてわかりにくい。

「余命じゃよ。余命」

羅刹の代わりにタマがあきれたように答える。衝撃的なその返答に、美空は目を見開いた。

「亡くなる……の?」

「そう。心臓を患っているな。突然死だが、ばあさん自身、薄々お迎えが近いことに気づいてる。というか……」

「なんですか?」

なぜか途中で言葉を止める羅刹を、美空は急かす。

「早く逝きたいと思っているみたいだ」

「早く?」

死を望んでいるということだろうか。

「そう。孫を殺しておいて自分だけが生き残っているのがいたたまれないらしい。毎日仏前で手を合わせて、『早く私に罰を』と涙をこぼしている」

「殺すだなんて……」

おばあさんは孫がかわいくて仕方がなかったはずだ。きっと公園にだって、せがまれたから連れていったのだろう。不慮の事故なのに、それほど責任を感じる必要があるだろうか。

そう考えたが、もし四人の子の誰かが同じように事故で亡くなってしまったら、やはり自分を責めるに違いない。

おばあさんのつらい気持ちに共感する美空は、瞳が潤んできて涙がこぼれそうになりうつむいた。

「ただ、死んだ孫は自分が飛び出したのが悪いとわかっている。だからばあさんを責める気持ちなんて持っていないし、公園で遊べて楽しかったと感謝しているくらいだ」

「天知眼って、魂のことまでわかるんですね」

「そうだな。疲れるから使いたくないが。それと、ばあさんを責めたという娘も反省しているようだ。愛息子が突然旅立った苦しみから逃れられずに、ばあさんに責任を押しつけることでその痛みから逃れようとしたんだろう。本当はばあさんのせいじゃないことくらいわかっているんだ」

お母さんの気持ちも痛いほどわかる。誰かのせいにしなければ、息子の死を乗り越えられなかったに違いない。だからといって、おばあさんひとりが死を乞うほど苦しんでいるなんて、いたたまれない。

「おばあさん、苦しい思いを抱えたまま旅立つんですね」

死の瞬間まで自分を責め続けるだろうおばあさんを思うと、虚無感にとらわれる。

羅刹は、唇を噛みしめる美空に視線を送りながら腕を組んだ。

「ばあさんの心を軽くしてやれないわけではない」

「本当ですか！」

「桂蔵と葛葉に手伝わせる」

だから今日、公園で桂蔵に意味深長な質問をしていたようだ。

「それはどういう……」

「妖狐は化けたり魂を憑依（ひょうい）させたりするのが得意だ。桂蔵をその死んだ孫に、葛葉を母親に変化させて、ばあさんは悪くないと伝えさせる」

「そんなことができるんだ」

毎日頬にご飯粒をいっぱいつけ、隙あらばケンカをし、着替えたばかりの服をあっという間に汚す彼らに、そんな能力があるとは。

「あぁ、ただふたりには天知眼が使えない。感情や魂の叫びは俺から伝えられるが、ビジュアルは難しい。化けさせるためには写真かなにかを見せなければ」

「写真……。わかりました。手に入れてきます」

タマの言う通り、美空はなんの能力もない平凡な人間だ。とはいえ、それくらいの手伝いならできる。

「でも、うまくいくんでしょうか？」

普段の桂蔵と葛葉を見ていると、そんな大役が務まるとは思えない。

「あやかしをバカにしてもらっちゃ困る」

タマが口を挟むが、羅刹は特に反論しない。ということは、その通りなのだろう。

「すごいな……」

美空が感嘆のため息をつくと、羅刹はタマを見て口を開く。

「お前は食ってるだけだろ」

「はー！　イカレタ鬼のくせして！」

「鬼は大体イカレテるんだ」

タマの苦言をさらりと流す羅刹は、美空に視線を移した。

「あいつらは変化の術を両親に熱心に教え込まれているようだ。どれだけふざけていても、それだけは真面目にこなす。おそらく、亡くなった両親と約束したんだろう。

だから心配いら――」

「亡くなった……」

両親が亡くなったり、はぐれたりした子供たちを育てているとは知っていたが、具体的に聞いたのは初めてだった。

子供たちの前ではあまり話すべきではないと思っていたのと、単純に世話に明け暮れる毎日で、羅刹とゆっくり話をする時間がなかったのがその理由だ。

「そう。ふたりの両親は、あやかしの世の争い事で命を落とした。ふたりはそれを目の前で見ている」

肌が一瞬にして粟立つ。母が涙を流しながら『ごめんね。美空、大好きよ』とささやいて旅立った瞬間を思い出したからだ。小学生だった美空でもショックでしばらく口を利けなくなったくらいなのに、あんな幼い年齢で両親の死を受け止めてたくましく生きているふたりがまぶしい。

「美空？」

なにも言えなくなった美空を心配したのか、羅刹が聞いたことがないような優しい声で名前を呼んだ。

「あやかしの世界って……」

今までも物騒な発言を幾度か聞いたが、それほど危険な場所なのだろうか。美空には想像がつかなくて動揺するばかりだ。

「お前は気にしなくてよいのじゃ」

「気になるでしょ？　だって、あの子たちが生まれた世界なのよ」

タマにあっさり言われてむきになった。部外者だと一線を引かれたようで悲しかったのだ。

「美空が俺たちの心配をしてくれるのはうれしい。だけど、皆それぞれに役割があって、できないことまでできるとはき違えてはならない。お前は俺たちにうまい飯を提供して、四人に寄り添ってくれれば十分だ」

美空だって、自分になにかできるなんておこがましいことは考えていない。けれど、もう情が湧いてしまったのだ。今さら突き放されると悲しい。

眉をひそめて渋々頷くと、羅刹は続ける。

「俺たちは平穏な暮らしを求めてこちらの世界に来た。それを逃げたと言う者もいるが、それならそれでいい。実際、逃げたんだ」

憂いを漂わせる羅刹を見たのは初めてで、緊張が走った。

羅刹はまるで悪事を働いたかのように『逃げた』と口にするけれど、危ない場所から逃げるのはあたり前だと美空は思う。

「ただ、俺はあいつらを預かった。四人が穏やかな日常を送れるようにしなくてはならない。今はそれしか考えていない」

カップ麺や食パンしか食べさせていなくても、子供たちを預かった責任はしっかり背負っているのがわかり安心した。

羅刹の意外な一面を目の当たりにした美空は、驚きつつも彼や子供たちに拾われてよかったと感じる。自分にも彼らのために手伝えることがありそうだ。

「わかりました。私は四人が笑っていられるように努力します」

本当はあやかしの世界についてもっと知りたい。けれども、適当だと思っていた羅刹が子供たちのことをしっかり考えているのがわかった今、余計なことに首を突っ込まないほうがいい。

「そうだな。頼んだ」

「……あとのふたりの両親も亡くなったんですか？」

「いや、相模と蒼龍の両親はどうなっているか定かでない。天知眼を使って居場所を探ろうとしたが、あちらの世の争いの中心には強い結界が張られている。その中に入らなければ見えないいんだ」

つまり結界の中はとても危険な場所で、その中にいるか、もしくは中で亡くなったかということだろう。

それでも、生きている可能性がある限り希望を捨ててはならない。

「そう、だったんですか……。あの子たちが元気でよかった」

美空の頬に涙がこぼれた。

亡くなったり行方知れずになったりするような大変な争いの中、子供たちが生き残ってくれたことに感謝の気持ちでいっぱいになる。ひょんなことから世話を任されて一緒に暮らすことになったけれど、子供たちは家族のような存在になっている。

母を、そして父を亡くしてからずっとひとりで踏ん張ってきた。その自分を頼り、そして慕ってくれる存在というのは美空にとっても心の支えとなっているのだ。

「ああ。あいつらのこれからを守らなければならない。お前も手伝え」

羅刹は高圧的な物言いをするけれど、美空は素直に頷いた。

裏切られて恥ずかしいほどボロボロになってしまった自分でも、こうして受け入れてもらえる場所がある。都合よくこき使われている気がしなくはないが、なにもかもなくしたと絶望していた頃よりずっといい。

「ばあさんには時間がない」

「はい。明日必ず写真を手に入れてきます」

「よろしく」

羅刹が大きな手を差し出してくるので、それを握った。まるで〝仲間に入れてやる〟と言われたようで、美空は少しうれしかった。

翌日。スーパーに買い物に行くと嘘をついて子供たちを羅刹に託した美空は、屋敷を出て公園に向かった。

最近子供たちはスーパーと聞くと目を輝かせる。もちろん、刺激的なものがたくさんあって楽しいからだ。ただ、お菓子売り場での寝そべり合戦を思い出すととても連れていく気にはなれず、バナナをたくさん買ってくるという約束をしてなんとか振り切った。

先日、初めてバナナを食べた子供たちは、ほんのり甘いそれに夢中になり、余っていた一本のバナナをめぐって壮絶な闘いが始まった。仕方なく四等分したら、今度はどれが大きいかでケンカになった。結局怒った羅刹が『俺が食う』と全部口に入れてしまったので、一斉に泣きだしてそれはそれは大変だったのだ。

ケンカは勘弁だけど、バナナ一本に必死になれる純粋さはうらやましい。そんなくだらないことに熱くなる彼らが、自由自在に変化できたりする能力を持つなんてびっくりだ。

公園に到着すると、雄平ママは見つけたものの、おばあさんの姿は見当たらない。

「どうしよう……」

おばあさんは明日の夜に心臓発作を起こして倒れてしまうらしいので、どうしても今日会わなければならないのだ。

罪の意識から解放してあげたい。せめて穏やかな気持ちで旅立ち、天国で待っている孫と仲良く過ごしてほしい。美空は強くそう思ったが、おそらく羅刹も同じ思いだろう。そうでなければ桂蔵と葛葉に手伝わせようなどとは言わなかったはずだ。

遊歩道も捜してみたものの見つからず、三輪車で遊んでいる雄平を見守っている雄平ママのところに向かった。

「こんにちは。今日は、子供たちはいないのね」

「そうなんですよ。毎日連れ歩くと買い物も落ち着いてできないので、留守番してもらってます」

「旦那さん、フリーのプログラマーなんでしょう？　仕事の合間に面倒を見てくれるなんて、できた人よね。うちの旦那も少しは見習ってほしいわ」

父親のはずの羅刹が平日に公園をうろちょろしているのはおかしいので、プログラマーとして在宅で働いているという設定にしてある。当の本人は、プログラマーがなにをする職業なのかも理解していないありさまだけど、芸術家よりは説得力があると考えてそうしたのだ。

『彼を見習うと、カップ麺と食パン地獄が待ってますよ』とは言えない美空は、曖昧に笑って濁した。

「あのー、先日ベンチにいたおばあさんなんですけど」

「あぁ、藤川のおばあちゃんね。今日はいないわね」

「藤川さんとおっしゃるんですね。どこにお住まいか知りませんか？」

「知ってるよ」

即答されてホッとした。これで会えるかもしれない。

雄平ママは、おばあさんの家までの道のりを丁寧に教えてくれた。

「どうかしたの？」

「先日、またうちの子が親切にしてもらったみたいで、お礼をしたくて」

適当に嘘をつくと、雄平ママは頷いている。

「そう。いい人なのよね。雄平がおやつを落として泣いていたら、おせんべいをくれたり……」

そんなことがあったのか。

やはり、苦しんだまま人生の終わりを迎えてほしくない。

改めてそう思った美空は、早速おばあさんの家に向かった。

藤川さんのお宅は二階建ての一軒家。年月を感じる建物ではあったが、庭先はきれいに掃除されていて、たくさんの花々が咲き誇っている。

チャイムを鳴らしてみたけれど、残念ながら留守のようで物音ひとつしない。

「時間がないのに……」

「藤川さんにご用？」

困り果てていると、隣の家で庭いじりをしていた初老の女性が声をかけてきた。

「はい」

「藤川さんね。ちょっと調子が悪くて、病院に行かれたわよ」

「えっ？」

間に合わなかったのだろうか。緊張が走る。

「あぁっ、そんなに心配しなくて大丈夫ですよ。少し風邪気味なだけで、よくあることなのよ。それに、さっき電話があってね。お薬をもらって帰るって」

「よかった」

「なにか伝言があればしましょうか？」

「大丈夫です。私、藤川さんにお世話になった者でして、お礼を言いに来たんです。藤川さん、今はひとりでお住まいなんでしょうか？　以前はお孫さんをよく預かっていらしたと聞いたのですが……」

「そう。娘さんが忙しくてね。いつもここで預かってたわね。『ばあば、ばあば』って、とってもなついてたのに、事故で亡くなってしまって。藤川さん、それで随分老け込んでしまわれて。落ち込みぶりは見ていられなかったわ」

うっすらと涙を浮かべる女性を前に、美空の胸も痛む。

「かわいいお孫さんですもんね」

「目の大きなかわいい子だったわね。そうそう、写真があるんだけどご覧になる？」

写真？　渡りに船だ。美空は頷いた。

女性は一旦家の中に入っていき、しばらくするとアルバムを持って出てくる。

「智樹(ともき)くんよ。私にもいつも挨拶してくれてね。かわいかった」

羅刹が、髪型が桂蔵に似ていたと話していたが、二重の目元もどことなく面影がある。おばあさんが桂蔵を見て涙を流したのも頷けた。

「この方は？」

「あぁ、娘さん。智樹くんのお母さんね。事故が起きるまでは仲がよかったんだけどね……」

女性は複雑な表情を浮かべながら話してくれた。

「このお写真、お借りできませんか？　必ずお返ししますから」

「構いませんよ」

女性はアルバムから写真をはがして渡してくれた。


写真を持って帰ると、羅刹は桂蔵と葛葉を自分の部屋に呼び出し、ふたりの手を握って念のようなものを送っている。

「あれはなにしてるの？」

邪魔だと思って途中で部屋を出た美空は、縁側でひなたぼっこをしているタマに尋ねた。

「簡単に言うと、羅刹が天知眼で知った智樹と母親の心情を伝えてるんじゃ」

タマは薄目を開けて面倒そうに言ったあと、すぐに目を閉じてしまう。

「そんなことができるんだ……」

そういえば、羅刹もそんな話をしていた。

「天国の智樹くんは仕方がないとして、智樹くんのママは最後に会わせてあげたほうがよかったんじゃ」

葛葉が化けるのではなく、本人の口から、苦しくておばあさんに当たってしまったんだと伝えたほうがよかったのではないだろうか。

そう考える美空は、タマの隣に座って話を続けた。

タマは我関せずという態度に見えるが、絶対に気になっているはずだからだ。聞き耳を立てているときのタマは、まさに耳が立っている。

「ばあさんがもうすぐ死ぬから会いに来いと言うのか？　見知らぬ者から突然そんなことを告げられても信じるわけがない。それどころか怒り心頭じゃな」

「たしかに」

羅刹は突然死だと話していた。死の兆候など微塵もないのに、いきなりそんなふうに言われたら腹が立つに違いない。

「もっと時間があれば打てる手はあったかもしれんが……。いくらあやかしでも、できることとできないことがあるのじゃ。その娘をなんとか連れてくる前にばあさんが逝ったら意味がないじゃろ」

「そっか」

　羅刹が手を貸してくれると言ったあの瞬間から、どんなことでも叶うと勘違いしていた。以前彼は『世の中、あきらめも肝心だ』と話していたが、なにが最善かを考えたら、葛葉に変化してもらうのがよさそうだ。

「みしょらー」

　タマと話していると、蒼龍が飛んできて抱きついてくる。

「どうし……キャー！」

　美空が大声をあげたのは、蒼龍の肩にカマキリがのっているからだ。

　タマは毛を逆立たせて逃げていく。

「ちょっ、どうしよう。カマ、カマキリ……」

「カマキリしゃん、かわいー」

「どこが？」

　虫が大の苦手の美空は、冷たい反応をしてしまった。

「カマキリしゃん、あげりゅー」

　満面の笑みを浮かべる蒼龍は、ためらいもせずカマキリをつかんで美空に差し出した。

「い、いらないわ。ちょっ。お願いだからどこかに置いてきて」

そんな貢物、断じていらない。

ふるふる首を横に振り体をのけぞらせると、桂蔵と葛葉が奥座敷から出てきた。

「カマキリしゃん！」

葛葉も平気らしい。手にのせてにこにこしているので、目が飛び出そうだ。

「蜘蛛しゃん、ないない？」

「だいじょぶ」

蜘蛛？

桂蔵がカマキリを見ながら突然蜘蛛の話をするので好きなのかと思いきや、そうではなさそうだ。どういうことだろう。

「いたとしても、ここの蜘蛛はなにもしてこない。心配するな」

羅刹も出てきてそんなふうに言う。すると子供たちは元気に頷いて庭に駆け出していく。

「く、葛葉ちゃん、靴忘れてる！」

「野生の妖狐だな」

羅刹がぼそりと漏らすので、美空は噴き出した。

「皆、蜘蛛が嫌いなんですか？」

美空にとっては蜘蛛もカマキリも変わらない。

「あっちでちょっとな」

羅刹が遠い目をして濁すので、聞かれたくないのだと察した美空は、それ以上追及するのをやめた。

「それより、今晩行くぞ」

「はい。あのふたりは……」

「智樹と母親の変化は上出来だ。心配なのは、ふたりの気持ちをきちんと呑み込めたかどうかだが……多分問題ないだろ」

多分では困るのだけど、桂蔵と葛葉に懸けるしかない。

「ただし変化するのは今回が初めてだから、どこまでできるか未知数だ。桂蔵は〝自分が飛び出したのが悪い。ばあさんのせいじゃない〟、葛葉は〝ばあさんが悪いわけじゃないとわかっていたのにつらく当たってしまって申し訳ない〟ということしか伝えられないかもしれない。それ以上は期待するな」

「十分です」

きっとそれだけ聞ければ、おばあさんの肩の荷が下りるはずだ。

「ただ、まだ亡くなるのが信じられなくて……」

「命とはそういうものだ。明日どうなるかわからない」

羅刹が流れる雲を見ながらしみじみと言うので、ハッとした。

「羅刹さんって、自分の未来も見えるんですか？」

「見ようと思えば見える。だけど、見たって無駄だ」

「無駄？」

自分のこれからを知るのは怖いような気もするけれど、興味もある。

「俺が見られるのは、今の時点での未来だ。でも、未来は変えられる。だから見たって意味がない。あぁ、くじは別な」

「未来は変えられる……」

「お前だって野垂れ死にしなくて済んだだろ？　まあ、あれは適当に言っただけだけど」

「は？」

聞き捨てならない発言に、すっとんきょうな声が漏れた。

「だから、天知眼を使うと疲れるんだ。お前の未来なんてどうでもいい」

「嘘だったの？」

美空が詰め寄ると、羅刹は鼻で笑った。

「なにそれ」

「いいじゃないか。生きてるんだし」

「そうですけど。でもそれならどうして、私が倒れてるのを見つけてくれたんですか？」

天知眼をあまり使わないなら、見つけられなかったはずだ。

「こっちに逃げてきたあやかしが多数いる。毎晩、そいつらの安全を確かめるようにしてるんだ。そうしたら、あやかしじゃなくてお前が釣れたってわけ」

羅刹があやかしの頭（かしら）みたいな役割をしているとは知らなかった。それに、疲れると言いながらも使うべきときを心得ているようだ。

そういえば、タマが羅刹のことを『なまじっか力を持って生まれてきてしまった』と話していたが、やはりあやかしの中でも特別な存在なのかもしれない。普段のぐうたらした姿を見ているからか、まったく実感が湧かないのが残念だ。

「桂蔵と葛葉のデビュー戦と行くか」

「デ、デビュー……」

本当に大丈夫だろうか。

「誰だって最初の一歩はある。それを恐れていては、成長できないぞ」

羅刹はそんなひと言を残して部屋に戻っていく。

「そっか」

自分がここにこうして存在するのも、全部最初の一歩があったおかげだ。それをハラハラしながら父や母は見守ってくれたのだろう。

あの子たちの親代わりとまではいかなくても、そういう心配をしながら寄り添うのが今の自分の仕事かもしれない。そんなふうに思えた。

太陽が西の空を朱色に染め始めた頃、美空は桂蔵と葛葉を伴って羅刹と一緒に屋敷を出た。

相模と蒼龍は留守番だ。タマがなんとかしてくれると信じたいが、なにせ猫なので少し心配だ。とはいえ連れていくのも難しく、子育ての大変さを改めて思い知った。

藤川のおばあさんの家に到着したものの、あたりは静まり返っている。倒れているのではないかと心配したが、窓の向こうで人影が動いていたので安堵した。

羅刹はもう一度ふたりに写真を見せて口を開く。

「わかってるな。俺が教えた口調で、大切なことだけ言えばいい」

「はぁーい」

なんとも軽い返事に不安が募るが、信じるしかない。

「よし、行くぞ」

羅刹がそう言うと、桂蔵と葛葉が一瞬にして智樹と母の姿に変化した。

「そっくり」

変化するところを初めて見た美空は、あんぐり口を開ける。写真通りの人物が目の前にいたのだ。

羅刹が目配せをすると、ふたりは玄関に行き、母親役の葛葉が玄関のチャイムを鳴らした。美空は羅刹とともに物陰に隠れて見守る。

「はい、どちらさまで……」

玄関のドアから顔を出したおばあさんは、若干顔色が悪いものの足取りはしっかりしている。桂蔵たちが化けた智樹とその母を見て、目を真ん丸にした。

「お母さん」

葛葉が深刻そうな表情を作り、先に話しだす。

「どうして……？　智ちゃん……」

ひざまずいて智樹を抱きしめるおばあさんの目からたちまち大粒の涙が流れだし、

美空の瞳も潤んでくる。

「智ちゃん……生きてるの？　生きてたのね。よかった……。おばあちゃん、智ちゃんを守ってあげられなかった。痛かったよね。ごめんね。ごめん……」

懺悔(ざんげ)を繰り返す姿が痛々しくて見ていられない。

「おばあちゃん。いっぱい遊んでくれてありがと。僕、おばあちゃんの言うことを聞かずに飛び出しちゃったの。おばあちゃんのせいじゃないよ」

おそらくこれが智樹の声なのだろう。桂蔵より少し低めの落ち着いた声で、おばあさんに必死に訴えている。

「ううん。おばあちゃんが止められなかったのが悪いんだよ。智ちゃんの代わりに死ねばよかったって、何度も何度も……」

悲痛な訴えに、美空はとうとう涙を我慢できなくなる。

「でも、生きていてよかった。ケガは？　もうなんともないの？　元気？」

畳みかけるように質問するおばあさんは、智樹の頭から足先まで視線を動かす。

「お母さん」

今度は葛葉の番だ。

「晶子(あきこ)……。本当にごめんなさい。任せてと言ったのに、智ちゃんを事故に遭わせてしまった……」

くしゃくしゃに顔をゆがめて謝罪の言葉を口にするおばあさんは、深く腰を折る。

「お母さん、違うの」

葛葉はおばあさんの肩に手をかけて顔を上げさせた。

「智樹がお母さんの手を振り切って飛び出したんだとわかってた。でも、智樹がケガをしたというショックで……私、全部お母さんのせいにしたの。あのときはそうしないと壊れそうだった」

涙声で話す葛葉は、苦悩した母そのものだ。

「ひどいわよね。智樹の面倒を押しつけたのは私なのに、なんの落ち度もないお母さんを責めるなんて。やんちゃ盛りの智樹をお母さんに預けたのも、私の判断。仕事を続けたくて智樹を犠牲にしたのもそう。あの日、日曜出勤なんかしなければよかったの。私は智樹より仕事を取ったのよ……」

あふれる涙を拭うのも忘れて葛葉は話す。まるで晶子が憑依しているかのようだった。

「そうじゃないよ。晶子はよくやってた。日曜出勤だって、急に体調を崩した人の代わりに出たんでしょう？　あなたは悪くないんだよ」

おばあさんだって、必死に働く娘の役に立ちたいと思って智樹を預かったはず。それなのに全部責任を押しつけられて、つらい思いをしただろう。

なにがあっても母親は母親なのだなと美空は思う。晶子が智樹を大切に思うように、おばあさんは晶子が大事なのだ。その大事な娘が苦しむ姿を見たくないに違いない。

「ごめんなさい。お母さんを責めるなんて、私が間違ってた」

顔をゆがめる葛葉は、おばあさんに抱きしめられてはらはらと涙をこぼし始めた。

羅刹は、ふたりが変化するのは初めてだから期待するなと話していたけれど、美空にとっては期待以上だ。葛葉は晶子の後悔を完全に理解し、それを表現しているように見えた。

三人を見守る美空の頬も、濡れたままで乾きそうにない。

「お母さん、これからも智樹を見守ってくれる?」

「もちろんだよ。晶子のこともちゃんと見てる。なにもできないし迷惑かもしれないけど、ずっとあなたの味方なの。本当にごめん。智ちゃんも痛い思いをさせて、本当に……」

涙で声が続かなくなったおばあさんは、ふたりを抱き寄せた。

智樹が生きていたと勘違いをしているが、それでいいのかもしれない。おばあさんしい。

の命は、あとわずか。智樹と天国で再会して、今度こそ穏やかな日々を過ごしてほしい。

「こんなところでごめん。中、入って」

頬の涙を拭ったおばあさんが言うが、晶子は首を横に振る。

「お母さんのことがずっと気になってて、今日は謝りに来たの。だから、もう行く」

「そう……。また会えるかしら?」

「もちろんよ。それじゃあね」

智樹をもう一度抱きしめたおばあさんは、去っていくふたりの背中を名残惜しそうに見つめている。そんなに泣いたら呼吸が苦しいのではないかと心配になるほど号泣していたが、あれが喜びと安堵の涙でありますようにと美空は願った。

おばあさんの家から少し離れた物陰で、桂蔵と葛葉はもとの姿に戻った。

「ありがとう。ありがとう」

なにをどう伝えたらいいのかわからない美空の口からは、感謝の言葉しか出てこない。

「いい子いい子?」

「うん、とっても上手だった。いい子いい子」

美空はふたりを抱きしめたあと、それぞれの頭を撫でた。

まさかこれほど完璧に変化して、見事に役割を果たすとは。

目の前で両親を亡くしているふたりが、今回のことで両親を恋しく思い出すのではないかと少し心配していたけれど、いつもの笑顔でホッとした。

「初めてにしては上出来だ。桂蔵、葛葉。お前たちは立派な妖狐だ」

羅刹がふたりをそんなふうに称えるので、美空まで誇らしい気持ちになる。

妖狐として初めての仕事の成功は、これからこの子たちにどんな影響を与えるだろうか。まだまだ無邪気なふたりだけれど、期待が広がる。

「みしょらー、しゅいたー」

桂蔵がお腹を押さえながら訴えてくる。

「そうね。いつもならもう食べてる時間だもんね。今日はテイクアウトしちゃおうか。なにがいいかな?」

「ちゅるちゅる!」

葛葉が即答すると、羅刹は眉をひそめる。

葛葉の言う〝ちゅるちゅる〟はスパゲティのことだ。彼女はミートソーススパゲティが大好きなのだが、口の周りだけでなく、洋服も床もトマトソース色で染まるのだけが厄介だ。

「スパゲティなんていつでも食えるだろ、肉だな、肉」

「今日は頑張ったふたりへのご褒美なんです。羅刹さんの意見は聞いてません！」

美空が言うと羅刹は口をとがらせながらも、労をねぎらうように桂蔵と葛葉の頭をそっと撫でた。


屋敷に帰ると、予想通り修羅場が待っていた。

手や口の周りだけでなく、全身をミートソースだらけにした子供たちを風呂に入れ寝かしつけまですると、美空はクタクタだった。

ただ、いつものように寝落ちしなかったのは、もうすぐ旅立つおばあさんが気になっているのと、無邪気な桂蔵と葛葉のあやかしとしての能力を見せつけられて、少し興奮しているからだ。

美空は子供たちの寝顔を見てからそっと部屋を抜け出した。すると、いつもタマが丸くなっている縁側に着物姿の羅刹が座って夜空を眺めていた。

月明かりに照らされた彼の表情はいつになく真剣で、美空と同じようにおばあさんのことを考えている気がする。

「人間は現実逃避したいとき、お酒を飲んだりするんですけど、羅刹さんは飲めるんですか？」

話しかけると、羅刹はちらりと美空に視線を送り、再び空へと戻した。

「あんなまずいもの、飲めるか」

「そうだと思った」

「なんでだ」

美空も羅刹の隣に座り、星を見つめる。

「だって羅刹さんの舌、お子ちゃまなんだもん」

「は？」

「ハンバーグにカレーライス、あとはオムライス。好物は子供が好みそうなものばかり。野菜はあんまり好きじゃないし」

一緒に生活しだして、少しずつ羅刹のことがわかってきたつもりだったけれど、あやかしとしての彼については、きっとまったく理解していないのだろうなと思う。

「うるさいな」

羅刹は不機嫌な声で言うものの、目は空に向いたままだった。

「……おばあさん、智樹くんに会えるかな」

美空が漏らすと、羅刹は小さく頷く。おばあさんは明日にも旅立つはずだ。

「大丈夫だ。誰にも怒りの感情なんてないんだから、あっちで仲良く暮らすさ」

「そうですね」

そう信じたい。

「……あの、桂蔵くんや葛葉ちゃんは、ご両親を思い出して苦しんでいないでしょうか？」

ずっと気になっているのだが、ふたりはいつもと変わりない。

「えっ？」

「思い出しただろうな」

「だけど、多分……ばあさんの『ずっとあなたの味方なの』という言葉が胸に届いてるはずだ。まあ、ちゅるちゅる食べて忘れたかもしれないけど」

幼い彼らが、どこまでその言葉を理解できているかはわからない。しかし羅刹の言う通りであれば、両親が見守ってくれていると信じているのかもしれない。

「……そっか」

「そうだ。さて、疲れたから寝るか」

羅刹は立ち上がり、部屋に戻っていこうとする。けれどふと振り返り、美空を見つめた。

「お前がいてくれてよかったよ」

「えっ？」

「桂蔵も葛葉も、うまくできるか不安でいっぱいだった。だけど、頑張れば美空が必ず褒めてくれる。万が一失敗しても美空は責めたりしないぞと話したら、あんなにうまくやり遂げた」

羅刹の言葉に、目を見開く。

そんなやり取りがあったとは知らなかったのだ。

「皆、お前が喜んでくれるのがうれしいらしい。だから、もっとうまい飯作れよ」

余計なひと言を付け足した羅刹だったが、珍しく美空に優しく笑いかけてから部屋に入っていった。

「私が喜ぶのがうれしい？」

幼い子供たちが、そんなことを考えているとは思いもよらなかった。でも、もしそうだとしたらすごくありがたい。

二階で休もうと思っていた美空だったが、再び子供たちが眠る部屋に戻って、布団の真ん中で目を閉じた。

翌日の夜。子供たちが大好物のポテトグラタンを食べさせた美空は、皿にこびりついたチーズを必死に洗っていた。

「おいしいって言ってくれるのはうれしいんだけど……」

やはり食事の途中で耳やしっぽが出てくる彼らは、あやかしの姿に近づくとパワーアップするのか、大騒動なのだ。誰のほうが量が多いとか、中に入っているチキンが小さいだとか……できるだけ平等になるように気をつけてはいるけれど、機械ではないのでまったく同じというわけにはいかない。おかげでホワイトソースがべったりついた手で取っ組み合いが始まり、ようやく風呂で洗い流してきたところだ。

スポンジに洗剤をたっぷりつけてこすっていると、カタッと音がしてビクッとした。

——振り返りたくない。聞きたくない。

そんな気持ちでいっぱいで、手は止めたもののうしろを向けなかった。羅刹がいるのがわかっているからだ。

「ばあさん、旅立ったみたいだ」

「……はい」

天知眼で見たのだろう。彼は疲れると言いつつ、使うべきときはためらわない。

美空は気持ちを落ち着けるために大きく息を吸い込んでみたものの、やはり涙はこらえられなかった。いくら覚悟していても、残念でたまらない。

「晶子さん、おつらいでしょうね」

晶子は昨晩の一件を一切知らない。和解できぬまま帰らぬ人になってしまった母を前に、どんな思いでいるのだろう。

「そうだな。だが、俺たちあやかしにできるのはここまでだ」

美空は涙を拭って振り返り、深く頭を下げた。

「ありがとうございました。私だけじゃなにもできませんでした」

「俺たちにもうできることはないけど、美空にはあるかもな。写真、返す」

羅刹は美空が借りてきた写真を差し出してくる。

「私に、できること……」

「洗い物早く終わらせないと、ケンカが始まるぞ」

「えっ？　面倒見ててくださいよ！」

「やなこった」

手をひらひらさせて子守りを拒絶しながら立ち去ろうとする羅刹は、一瞬優しい眼差しを美空に向けた。

藤川のおばあさんが天に召されてから三日後の昼過ぎ。庭で遊んでいた蒼龍が転寝を始めると、ほかの三人もなぜかおもしろがって並んで昼寝を始めた。

いつも昼寝をさせようとしてもちっとも寝ないくせに、なにがツボに入るのかさっぱりわからない。

「かわいい」

相変わらず大の字で眠る蒼龍の手をなぜか桂蔵が握り、桂蔵のお腹の上には葛葉の足がのっている。その葛葉を背中から抱きしめる相模はよだれを垂らしていた。

美空は掛布団をかけてそっと部屋をあとにし、屋敷を飛び出した。写真を返しに行くのだ。

藤川家が見えてくると、美空の足はピタッと止まる。もうおばあさんはここにいないのだと思うと胸が苦しくなった。

葬式が済んだ藤川家は、ひっそりと静まり返っている。死は誰にでも平等に訪れるものではあるが、やはりすんなりと受け入れるのは難しい。

美空は藤川家に向かって一礼したあと、隣の家のチャイムを鳴らした。すると先日の女性が顔を出し、「あのときの！」と声をあげる。

「藤川さんね、急に亡くなられたの。心筋梗塞だって……」

それだけ言って涙を流す彼女も、まだ気持ちの整理がついていないようだ。

「そうでしたか」

改めて美空にも悲しみがこみ上げてきて、瞳が潤んだ。

「亡くなった日の朝、庭で立ち話をしたのよ。娘さんがお孫さんを連れてきてくれた、生きていたのって、それはそれは喜んでいらして。ただ、お孫さんはたしかに亡くなられたはずだから、どうしたんだろうと心配していたの。もしかしたら、お迎えに来てくれたのかなって……」

女性は両手で顔を覆い、声を振り絞った。

「そうかもしれないですね。お孫さん、きっとおばあちゃんが自分のせいで苦しんでいるのがつらかったんじゃないでしょうか。きっと今頃、天国で仲良くしてるんじゃないかな」

美空は空を見上げて、おばあさんの顔を思い浮かべた。

羅刹が天知眼を使えば、おばあさんの魂について知ることができるかもしれないけれど、それをする必要はないだろう。

きっと、もう泣いてはいない。智樹くんと一緒に久しぶりのおしゃべりを楽しんでいるに違いないから。

「そうね。そうだといいわ」

女性もようやく微笑んでくれた。

「お写真、ありがとうございました」

「いいえ。今、娘さんがいらしてるんです。突然亡くなられてしまったから気持ちの整理がつかないようで」

女性は藤川家に視線を向けて眉をひそめる。

「そうでしょうね……」

会話を交わしながら、羅刹に『俺たちにもうできることはないけど、美空にはあるかもな』と言われたのを思い出した。

できることではなく、やらなければならないことがある――。

「本当にありがとうございました。失礼します」

美空はお礼を言って女性と別れたあと、藤川家に足を向けた。

どう声をかけようか悩んでいると、美空に気づいた晶子が窓を開けて顔を出した。

その目は真っ赤に腫れていて、悲しみの深さを思わせる。

「あの……母のところに来てくださったんでしょうか？」

「はい。……あっ、いえ。晶子さんにお会いしたくて」

「私？」

彼女が驚くのも無理はない。初めて会ったのだから。

晶子に家の中に案内された美空は、仏壇に手を合わせたあと口を開いた。

「実は、公園で私の息子がお世話になりまして、智樹くんの事故についても伺いました。そのときおばあさんは晶子さんへの想いも口にされて……」

「私への想い？」

ところどころ嘘をちりばめなければならないが、これは必要な嘘だと信じたい。

「はい。迷惑かもしれないけど、ずっと晶子さんの味方だとおっしゃっていました」

「母が？」

驚いて目を丸くする晶子は、頭を抱えてしまう。

「私……智樹が事故に遭ったとき、『お母さんが殺したんだ』とひどい言葉をぶつけてしまったんです。智樹が母の手を振り切って道路に飛び出したという目撃証言があるのを知っていました。でもあのときは……」

嗚咽（おえつ）で話せなくなった晶子の代わりに美空が口を開く。

「お母さま、全部わかっていらっしゃいますよ。晶子さんの苦しみも悲しみも。そういう言葉を口にしなければならないほど、晶子さんが追いつめられていたのも全部」

「お母さん……」

声を震わせる晶子を見て、葛葉に代わりを頼んで最後に会わせてあげられてよかったと思った。

「部外者が差し出がましいのですが、智樹くんもお母さまも、晶子さんが前を向いて歩いていかれることを望んでいらっしゃると思います。大切な人には笑っていてもらいたいものですよね？」

美空は桂蔵や葛葉の笑顔を思い浮かべた。彼らの亡くなった両親は、ふたりが笑顔で過ごすことだけを望んでいる気がするのだ。

「大切な、人？」

「そうです。だって、なにがあってもお母さまは晶子さんの味方なんですよ。智樹くんだって、大好きなママのはずです」

「……あぁ、ありがとうございます。ありがとう――」

涙が止まらない晶子だったが、泣きながら笑ってくれた。

屋敷に戻ると羅刹が縁側にいて、昼寝から起きて庭を走り回っている四人をボーッと眺めていた。

「ただいま」

「ん」

気のない返事をする彼だけど、視線を合わせてくれる。美空が歩み寄ると彼は口を開いた。

「生きていれば、楽しいことばかりじゃない。だけど、自分の命を惜しんでくれる人がいる限り、生きてみるのも悪くないんじゃねぇの？」

「えっ……」

もしかして、天知眼で倒れているところを見つけてくれたとき、死を乞うようなことを口にしたのも見ていたのだろうか。

「あっ、あの……」

「そういえば、野生児たちがいろいろやらかしたみたいだぞ」

「なに？」

ニッとイジワルな笑みを浮かべる羅刹は、顎で奥の部屋を指す。慌てて奥座敷に向かうと、なぜか体に白い綿のようなものをつけたタマが出てきた。

「なにつけて……はっ！」

思い当たる節がある美空は、勢いよく障子を開けた。

「嘘でしょ」

「ご愁傷さまー」

タマのそんな声が聞こえてきて振り返ったが、もうすでにどこかに姿を消している。これからなにが起こるか察しているのだ。

「布団破いたの誰！」

タマがつけていたのは、まさに白い綿だったのだ。昼寝をしていた子供たちに被せていった布団の一枚に穴が開いていて、大量の綿が引きずり出されている。

「みしょらー。たらいまー」

バタバタと足音が聞こえてきたと思ったら、相模が飛び込んできた。

「ただいまじゃなくて、おかえり……って、それよりこれ！」

「ふわふわー。みしょら、見てぇー」

綿の山に突進していったのは葛葉だ。彼女は綿を上に投げてはキャキャキャキャと無邪気に笑っている。

「まじゅい」

「食べないの！」

マイペースに綿を口に運ぶのは食いしん坊の蒼龍だ。

「あしょぼー」

桂蔵は悪びれもせず美空の手を引く。

「あぁ、もう！　遊ぼ、遊ぼ！」

布団は破ったらダメだと教えてなかった。

半分やけっぱちの美空だったが、あまりに楽しそうな子供たちを叱りつけることができず、一緒になって綿の世界に飛び込んだ。

第五章　蛟の水遊びは豪快に

羅刹と四人の子供たち、そしてタマとの不思議な生活が始まって、はや二カ月と少し。昨晩パラパラと降った雨のせいか朝は涼しく過ごせたが、太陽が南に昇り強い光を放ちだすと、美空は溽暑にあえいだ。

木造建築のこの屋敷は風通しがよく、鉄筋コンクリート造りのマンションよりずっと涼しい。しかし、むせるようなこの暑さでは気休め程度にしかならないのだ。

それなのに子供たちは平気な顔で庭を駆けずり回り、美空を遊びに誘った。

「もー、無理」

隙を見ては片陰で休憩をとっていた美空だったが、毎日の過酷な子育てに音を上げる。音を上げたところで羅刹やタマには無視されるのが悲しいところなのだが。

「みしょらー。こっちこっち」

額に珠のような汗を浮かべているくせして元気いっぱいなのは桂蔵だ。

「ちょっと休憩」

「さっきしたもん！」

「鋭いな」

ついさっき、相模に連れ戻されたところなのだ。

「みしょら、そーりゅー、ぐちゃ」

「へっ？」

葛葉が飛んできて妙なことを言うので、美空の背中に嫌な汗が流れる。

雨上がりは気をつけておかないといけなかったのに忘れていた。

葛葉に手を引かれて庭の奥に向かうと、予想通り水たまりにわざとはまっただろう蒼龍がキャッと楽しそうに笑い声をあげている。

「あぁ、泥を落とすの大変なのに……」

公園で雄平ママに、固形の洗濯石鹸を使うといいと聞いて試しているのだけれど、とにかく手間がかかる。一分一秒でもいいから休みたい美空の負担になっているのだ。それなのに羅刹は、『こういうのも経験だ。子供らしくていいじゃないか』と涼しい顔。『それなら洗ってよ！』と反論した頃にはもう、背中を向けられていた。

家事にも育児にも非協力的な彼は、ついさっきも『少し寝るわ』と腹の立つ言葉を残して、クーラーの利いた涼しい部屋に入っていった。

「あー、皆でシャワーしようね。お昼ご飯も食べなくちゃ」

そう言うものの、調理をする元気が残っていない。

「そうめんにしようか……」

こういうときの頼みの綱はそうめんだが、細い麺は子供たちには食べにくく、もれなく手づかみが始まる。そのあとの片付けが悲惨だ。

「あっ、おにぎり……」

あることを思いついた美空は、台所に走って炊飯器をセットしたあと、汗やら泥やらで汚れた子供たちを浴室に連れていった。

四人もシャワーを浴びさせるのは一筋縄ではいかない。彼らに協力する気はさらさらなく、勝手に遊び始めるからだ。

それでもなんとか汗を流して脱衣所に出したあと、はしゃぎすぎた蒼龍にお湯をかけられて全身水浸しになってしまった美空は、そこで服を脱いで自分もシャワーを浴びた。こうしたことがよくあるので、脱衣所に着替えを準備してあるのだ。

子育てをしていると、いかに手を抜くか、もしくは要領よく仕事を済ませるかという能力に磨きがかかっていく。

子供たちにはタオルで体を拭くように指示はしたけれど、濡れたまま全裸で走り回っていることを覚悟して出ていくと、髪から水滴を滴らせてはいるものの全員浴衣姿だったので驚いた。

「すごいね。自分で着たの？」

「らしぇつー。みしょらのお顔、死んじゃったー」

「は？」

どうやら羅刹が着せてくれたらしいが、顔が死んだとはどういう意味なのだろう。

「生気ないもんな。ひっどい顔」

背後から聞こえてきたのは羅刹の声だ。

「って……誰かさんが手伝ってくれないからでしょう？」

カチンときた美空は言い返したが、「だから手伝っただろ」としたり顔をしているのが余計に腹立たしい。

「そういうのを、いいとこどりと言うんです！」

さっきまで涼しい部屋で昼寝をしていたくせして、全部俺がやりましたみたいな顔をされてはたまらない。

「……でも、助かりました。ありがとうございます」

服を着せるのもひと苦労だ。助かったのは事実なのでお礼を言うと、羅刹は眉をピクリと動かし顔をプイッとそむけた。まさか、照れているのだろうか。

「しゅいた」

深刻な顔をする蒼龍が床に座り込んでお腹を押さえている。

「あぁっ、ごめん。今日は、皆でおにぎり作るよ！」

「おにぎり！」

四人の弾んだ声がそろう。蒼龍も途端に元気を取り戻して立ち上がった。

先日、公園の帰りに飲み物を切らしてしまい、仕方なくコンビニに寄ったら、そこでおにぎりを見つけた彼らにひとつずつ購入する羽目になった。おにぎりの存在を知らなかった子供たちが貪り食べていたのを思い出し、遊びと食事を一緒に済ませてしまおうと思いついたのだ。あわよくば、食事は座っていれば出てくるものではないと認識してもらい、毎食大切に食べてくれるようになったらという思惑もある。

「まずはお手々をきれいに洗うこと。お約束できる？」

「できりゅー！」

実に調子のいい四人だけれど、こういうときの約束は必ず守ってくれるので助かっている。

ちょっとした小競り合いはあったものの、無事に手洗いを済ませ、四人を茶の間で並んで座らせた。

「ご飯から湯気が出るでしょ？　まだ熱いから少し冷ましてからね。その間に私がやってみるから見てて」

「みしょら、あちち？」

相模が心配してくれる。

「そうね。ちょっとあちちだけど、慣れてるから大丈夫よ」

いろいろ考えて、ラップで包んだご飯を渡して、それを握らせることにした。直接手で触らせたときの末路が目に見えるからだ。

「こうして真ん中をくぼませて、好きな具を入れるよ。あんまり入れすぎるとはみ出しちゃうからね」

用意した具は、冷蔵庫にあった、たらこ、昆布の佃煮（つくだに）、鮭（さけ）フレーク、あとはツナ。

「私は、たらこ。具をのせたら包み込むようにこうして……」

大きく開かれた目が八つ、美空の手の中のおにぎりを見つめている。これほど真剣な姿はなかなかお目にかかれないので貴重だ。

美空が三角に握ると「うぉぉぉぉー」という声が響いた。

そんなにすごいことをしているわけではないけれど、妙に鼻が高い。

「あとは塩を振って、のりを巻いてできあがり」

「すごー」

そんなキラキラした目で見られると照れる。

「三角は多分難しいから、丸くていいからね」

いきなり三角に握れと言っても無理だろう。美空が言うと、真っ先に蒼龍が「ちょうらい！」と手を出した。

「冷めたかな？　うん、そろそろできそう」

ラップにひとつ分ずつ分けて出しておいたご飯は、握れるくらいの温度になっている。美空は蒼龍、桂蔵、葛葉の順に手に置いていった。

「相模くんはやらないの？」

それなのに、相模だけは手を出さない。

「あちゅー」

「もう平気だよ」

「いやぁ」

相模はこの中では一番慎重派。石橋を何度も叩いて大丈夫だと確認したあとでも躊躇して、結局渡れないタイプだ。

「わかった。それじゃあここに置くからもう少し冷まそうね」

無理強いするわけにもいかず、相模の分は座卓に置いた。

ほかの三人は各々好きなようにご飯をこねだす。

「ちょっと力入れすぎかな。ふんわりね、ふんわり」

大胆な葛葉は、いきなりギュウギュウと潰し始める。

「桂蔵くん、鮭入れすぎ！」

桂蔵はご飯と同じくらいの量の鮭フレークを盛っている。

「蒼龍くん？」

食いしん坊の蒼龍は、軽く一握りしただけでもう口の中だ。ちなみに具とのりは別に食べている。

「まあね、食べちゃえば一緒だけど」

もう一度相模に視線を移すと、いつの間にやらやってきていた羅刹が、美空が握ったたらこのおにぎりを頬張っていた。

「そこの大人！　自分の分は自分でどうぞ」

「次、昆布」

――ニャアアアアアア！

他人の話をまるで聞かない羅刹にあきれていると、タマのとんでもなく大きな鳴き声が響き渡った。多分『わしを忘れるな！』のおたけびだ。……正直、忘れていた美空は、ペロッと舌を出す。

「わかったって。塩むすびでいい？」

――ニャヤヤヤアォォォォォ！

子供たちの前では話さないタマは、おそらく『具がいるに決まってるだろ！』という怒りの声をあげている。でもいつもイジワルをされている美空は、してやったりだった。

仕方なくツナのおにぎりを作ってタマの前に置くと「覚えとけよ」と小声でささやいてからかぶりついている。

「ちょうらい」

ふたつ目を要求する蒼龍にご飯を渡したが、相模はまだツンツンするだけで握ろうとしない。

「相模くん、さすがにもう大丈夫。全然熱くない」

美空が持ってみせるとようやく納得しておにぎりを作り始めた。

昆布を要求した羅刹だが、どうも待ちきれなかったようで自分で握っている。ただ、葛葉と同じように力が入りすぎていてぺちゃんこだ。

「あははは。意外と不器用」

美空が本音を漏らせば、羅刹はギロリとにらむ。

「やぁーだぁ！」

ぶつくさ言い始めたのは桂蔵だ。指の形がついたいびつなおにぎりからは鮭フレークがこぼれ落ちている。のりを巻くためにラップを外そうとしたが、具の入れすぎで固まっておらず、手の上で崩れてしまったのだ。

そんなことをしている間に、遅れてスタートした相模が一番うまく作ってのりを巻きだした。

桂蔵の隣の葛葉は、彼の形の崩れたおにぎりを見て笑いながら、具なし塩すらなしという大胆な、いかにも彼女らしいおにぎりを口に放り込んでいる。

「桂蔵、へたっぴー」

「うるしゃい！」

うまくできずにイライラしていたところに、葛葉のとどめのひと言。この年で空気を読めというのは酷だが、そこは控えてほしかった。

しかしときすでに遅し。不機嫌全開の桂蔵は、崩れたおにぎりを葛葉に向かって投げつけた。

「桂蔵くん、いけません！」

美空が慌てて間に入ったものの、すでにヒートアップしている。葛葉も半分残っていた自分のおにぎりを投げ返すと、桂蔵の隣にいた相模に当たった。

「痛い！」

すると相模まで参戦するので大騒動だ。蒼龍だけは隙をついて昆布の佃煮を口に放り込んでいる。

「やめなさい！　食べ物を無駄にするなんて許しません！」

普段お小言は言っても、こんなにきつく叱ったのが初めてだったからか、ケンカをしていた三人の動作がぴたりと止まる。

「お米を作ってくれた人がいるの。その人たちは、こんなふうに無駄にするために作ってくれたわけじゃない！　いい加減にしなさい！」

幼い彼らが両親の愛情を受けられないことが不憫で、あまりきつく怒らないように気をつけてきた。ただ、食べ物を粗末にするという、してはならないことをした今日はさすがに叱らないわけにはいかない。

「美空に角が生えた」

どこからか声が聞こえてきたが、タマだろう。

美空は自分の育て方が間違っているのだろうかと悲しくなってしまった。

子供たちはケンカはしても親切にされれば『あーっと』とお礼を言えるし、誰かが落ち込んでいれば『どうちたの?』と心配する優しい心を持っている。それなのに、こんな……。

「ウワーン」

葛葉が真っ先に泣き始め、桂蔵と相模も続いた。そしてなぜか蒼龍まで泣き始める。

「あぁ、もう、めんどくさいな」

羅刹が大きなため息をついたのをきっかけに、美空は茶の間を飛び出した。そして、めったに使わない二階の自分の部屋に行き、悶々とする。

「ダメだったのかな……」

あんなふうに叱ったのはまずかっただろうか。そもそもおにぎりを握らせるなんて早かったのかもしれない。子育てが初めての美空には、正しい育児なんてさっぱりわからないのだ。

日々の忙しさに目を回しているせいか、最近少し怒りっぽくなっている気がする。

今までなら『しょうがないな』と笑って流せたことも、あからさまにため息をついてしまうような。

やっぱり自分には四人の子育てなんてできない。

そんなふうに弱気になってしまった。


それからどれくらい経ったのだろう。屋敷の中は静まり返り、子供たちの泣き声も笑い声もしない。

羅刹がどこかに連れて出たのだろうか。そんなことを考えていると、階段を軽快に上ってくる足音がして美空の部屋の前で止まった。

「美空、入るぞ」

羅刹の声だ。

「……はい」

返事をすると障子が開き、羅刹とタマが入ってきた。

遠慮というものを知らないらしい羅刹は、部屋の真ん中であぐらをかく。そして、提げていた袋からなにやら取り出して美空の前に並べた。

「これ……」

「美空にだとさ。ごめんなさいと謝ってたぞ」

四つ並んでいるのは、大きさも形もまちまちなおにぎりだ。

「あの子たちが？」

「そ。美空に大声で叱られたのがショックだったんだろうな」

「鬼の羅刹より怖かったのぉ」

タマまで続くので、反省した。やはり叱りすぎだったのだろう。

「すみま――」

「けど、あれでよかったんじゃないか」

「えっ？」

羅刹が意外な言葉を口にするので首を傾げる。

「お前は母親代わりになろうと必死にやってきた。多分、両親と離れてしまったあいつらをかわいそうだと思って、自分が癒してやりたいと思ってたんだろ？」

その通りなので頷く。寂しさを少しでも埋められたらと考えていた。

「でも遠慮があった」

「遠慮？」

「そうだ。悲しませてはいけない。嫌な思いをさせてもいけない。だから少々悪さをしてもやんわりと叱るだけ」

　心当たりがありすぎて目が泳ぐ。布団を破ってダメにしたときも、結局は叱れなかった。

「もちろん、なんでもかんでも叱ればいいというものではない。どうしてダメなのか納得させないと」

　子育てにまるで無関心だと思っていた羅刹の言葉とは思えず、美空は目を瞠る。

「その点、美空はよくやっていたと思う。また二カ月だけど、あいつらは美空からいろんなことを学んだはずだ。ただ、自分は母親ではないんだという遠慮が、見えない壁になってたんじゃないか？」

　見えない壁……。

　そうなのだろうか。美空自身もよくわからない。

「こういうのもいいと思うけど？」

「なにが、ですか？」

「悪いことをしたら思いきり叱られること。あいつらはそういう経験すらしていない。もちろん、美空に母親になれとは言わないしその必要はない。でも、あいつらにぶつかるのに遠慮はいらない。そんな遠慮は邪魔だ。たまには泣かしたっていいんだよ」

冷たく突き放しているようで正論かもしれない。本当の母親であれば、今日の美空のように遠慮なく雷を落として悪いことは悪いと伝えるだろう。

「そっか」

「それ、全部食えよ。あいつら、泣きながら作ったんだぞ」

「もちろん、いただきます」

きっと、どんなおにぎりよりおいしいはずだ。

「あと、浴衣、ご飯粒だらけだから脱がせた。だけど、もう着替えがないから全裸で待機してるから」

「え……？」

全裸で待機ってどういうことだろう。

「洗濯したの乾いてませんか？」

「半乾きってとこ」

「それなら、アイロンかければ……」

「よろしく。じゃ」

ついさっきまで自分を励ますような羅刹の発言に感激していたのに、一瞬で台無しだ。障子を開けて出ていこうとする彼のうしろ姿を見て眉をひそめる。

「やってくれたっていいでしょ！」

「無理」

即答されて腹が立つ。

「また角が生えてる。怖い怖い」

「タマ！」

余計なひと言が大好きなタマは、そう言い残してあっという間に消えた。

美空は子供たちが作ってくれた小さいおにぎりをひとつひとつ味わいながら口に入れていった。

「おいし……」

具を入れ忘れたものから、サービスなのかツナとたらこの両方が入ったものまである。けれども、こんなに気持ちのこもったおにぎりは初めてだ。

食べ終わるとすぐに庭に走って半乾きの洋服を取り込み、手早くアイロンをかけて奥座敷に急いだ。しょぼしょぼと話し声がするその部屋の障子を開けると、一斉に視線がこちらに向く。

「みしょらぁ！」

目にいっぱい涙をためて駆けてきたのは、最初にケンカを仕掛けた桂蔵だ。

「ごめんなしゃい」

「もう二度と食べ物を無駄にしてはダメよ」

「ごめんなしゃい」

「なしゃい」

あとの三人も美空の周りを取り囲み、口を曲げて今にも泣きだしそうな顔で謝ってくる。そもそも蒼龍はなにもしていないのだが、連帯責任というものだろうか。彼らは仲間を大切にできる思いやりも持っている。

羅刹が話していた通り、全裸とまではいかなかったがパンツ一枚の四人に囲まれるというなんともいえない光景に、美空の頬は緩んだ。

やっぱりかわいい。かわいくてたまらない。

「おにぎり、ありがとうね。おいしかったよ。また今度作ろうね」

「はぁーい！」

途端に笑顔を取り戻した四人にホッとしながら、美空は服を着せていった。

「みしょら、ねんね……」

Tシャツをうしろ前反対に着た桂蔵が甘えてくる。

「疲れたよね。お昼寝しようか」

朝から暑い庭で走り回り、大泣きしてさらに体力を消耗したに違いない。美空もさすがに疲れている。布団を手早く敷き、四人と一緒に潜り込んだ。

「みしょら」

桂蔵が盛んに美空の名前を口にして顔をしかめる。

ケンカを始めた責任を感じているのかもしれないけれど、やはり叱られてつらい思いをするのも必要な経験かもしれない。こうしたことを積み重ねていくうちに、物事の良し悪しを区別できるようになるのだろう。

「今日は叱られちゃったけど、もう同じことをしなければいいんだよ」

「みしょら、きらい？」

「ん？　桂蔵くんのこと？」

まさかの質問に目を丸くした。そこまで思い詰めているとは。

「大好きだよ。桂蔵くんも葛葉ちゃんも、相模くんも蒼龍くんも、みーんな大好き。悪いことをしたら怒るけど、嫌いにはならないんだよ」

そう答えると、桂蔵はうれしそうな顔をして、一瞬にして眠りに落ちた。ほかの三人もあっという間に寝息を立て始める。

「かわいい顔して寝てる」

美空は全員の寝顔を見てから、自分もまぶたを下ろした。

きつめに叱ったので、子供たちがおどおどしだしたらどうしようと心配していたのだけれど、昼寝から起きたらすっかり元気になっていた。

この切り替えの早さが子供らしいともいえるが、拍子抜けだ。とはいえ、あまり負の感情は引きずらないほうがいいので、美空も見習いたいと思った。過去を引きずって悩んでいてもなにも変わらない。それより、これからどうするかだ。

羅刹は多くを語らないけれど、あやかしの世界は人間が住むこの世界より平和ではないようだし、両親が亡くなっていたり生き別れてしまったりしている四人が笑顔で過ごせることが重要なはずだから。

といっても……。

「えー、お留守番しよ？」

「やぁーだー」

「バナナ！」

夕方、スーパーに買い物に行ってくると話したところ、四人が一緒に行くと言い出して困り果てている。

公園は随分慣れてきたので、羅刹についてきてもらって往復の道さえ気をつければなんとかなるようになってきた。けれども、スーパーは別。なにせ、初めて見るものだらけの子供たちは、『これなぁに?』と質問攻めにしてくるし、なんでもかんでも触りたがるので目が離せない。

ひとりなら三十分もあれば済ませられる買い出しも、子供たちを連れてとなるとその三倍は覚悟しなくてはならない。もちろん、時間だけでなく労力も。

「バナナは買ってくるから」

バナナは好評で、四人とも競うように食べる。その間だけは静かなのだけど、食べ終わったあと皮で遊び始めるのが悩みだ。

「やぁー。行く!」

押しが強いのは葛葉だ。先頭に立って美空の脚に縋りつけば、ほかの三人も真似をする。

「行くぅー」

はぁ、と大きなため息をついた美空は、腹をくくった。今日は公園に行っていないし、昼寝もたっぷりした。少し疲れさせておかないと夜、寝てくれそうにない。

子供たちが寝たあと、ホッとひと息つく自分の時間が一秒もないのはつらすぎる。

一杯でいいから子供たちを気にせずコーヒーを飲む時間が欲しい。なんて、いつも一緒に寝てしまうのが現実なのだけど。

子育て中の母は皆、これほど追いつめられるものだろうか。いくら子供たちがかわいくても、体も心も疲弊しすぎていて少し距離を置きたいと思うのだ。

「もう、わかった！　行こうね。その代わり、走り回らない――」

「お買い物！」

「行きましゅ！」

「バナナぁ！」

「早くぅー」

美空の忠告なんてどこ吹く風。四人で抱き合って喜んでいる。

はしゃぐ光景はかわいいものだけれど、傍から見ればの話であって、面倒を見る当事者としては嫌な予感しかしない。

「わかったから、羅刹さん呼んできて」

美空が呼びに行ったところで絶対に出てこない。こういうことは彼らにお任せだ。

「はーい！」

元気に返事をした四人は、我先にと廊下を駆けていった。

「勘弁してくれよ」

部屋から連れ出された羅刹は、ぶつくさ言いながら目をこすっている。

「ねんね！」

相模の報告に怒りが走る。

「また寝てたの？」

美空は子供たちに振り回されながら家事をこなしているのに、羅刹はいつも昼寝ばかり。

「羅刹さんと行ってくる？」

腹を立てた美空がそんなふうに言うと羅刹は途端に覚醒したようで、顔をしかめて不機嫌をあらわにした。

「は？　できるかよ。なるほどね。こいつらが道路に飛び出して大ケガしようが構わないんだな。ふぅーん」

「違います！」

それを言うなら羅刹のほうだ。美空が家事をしている間ですら面倒を見てくれないので、子供たちはあちこちにぶつかったりケンカをしたりで、たんこぶや擦り傷を作るのは日常茶飯事なのに。

ただ、たしかに羅刹ひとりに任せるのは不安だ。つなげる手は二本しかない。四人一度に別の方向に走られたらどうにもならない。

本気でリードが欲しいかも。

美空はそんなことを考えながら「行きますよ」とバッグを持った。

子供たちを連れて出かけるときは、大きなバッグに飲み物と着替えを入れていく。もうすっかり母親のようだと自分で思いながら、相模と蒼龍の手をつないだ。渋々ながらもジーンズに着替えた羅刹は、手をつないで歩かせるのも面倒なのか葛葉と桂蔵を両肩にのせて歩く。

「バカ力……」

ふたりものせて涼しい顔をしている彼の力は、ちょっとした力持ち程度ではない。それが鬼だからなのかどうかはわからないけれど、その力をもっと使ってくれたら助かるのに、と美空は心の中で悪態をついた。

「僕もぉ」

うらやましがる相模が羅刹に訴える。

「じゃ、交代」

やっぱり羅刹は外面がいい。どこからどう見ても面倒見のいい父親にしか見えないのだから。

葛葉と桂蔵を下ろした羅刹は、今度は片手で軽々と相模を抱き上げて右肩に、手をぱちぱち叩いて喜ぶマイペースな蒼龍を左肩にのせて歩きだした。

美空は残ったふたりの手をつなぐが、おてんば葛葉が道すがらなにかを見つけては飛び出していきそうになるため気が気でない。

「葛葉ちゃん。スーパーはあっち」

なにかに興味を引かれて横道にそれそうになる葛葉の腕を思いきり引くと、少し前を歩いている羅刹の肩の上で「あー、あー」と蒼龍がどこかを指さしながら声にならない声をあげている。

美空がそちらに視線を向けると、黒い雲――いや煙を見つけて背筋が凍った。

「あれ……」

「火事だな」

焦る美空とは対照的に、羅刹が落ち着いて答えた。

美空たちが歩く大通りから細い路地を少し入ったところにある家が燃えているようだ。この付近は古くからある木造の家が所狭しと並んでいて、このままでは延焼してしまう。

幸い風が強くないのだけが救いだけれど、火事に遭遇したのが初めての美空は完全に固まっていた。

「救急……違う、消防……」

慌ててバッグからスマホを取り出したけれど、恐怖で体が震えていて落としてしまうありさまだ。

「落ち着け。もう通報されている」

「なんでわかるの？」

「サイレンの音がする」

美空にはまったく聞こえないが、羅刹が言うのだからそうなのだろう。天知眼という不思議な力を持つ彼が、人間より耳がよくても不思議ではない。「火事だ！」という男性の大きな声もどこからか聞こえてきたため、きっと通報済みだと信じた。

子供たちを下ろした羅刹は右目を手で隠し、左目で煙の方向を見ている。その目は真っ赤に染まり、天知眼を使っているのだとわかった。

「まずいな。子供と母親が二階にいる」

「嘘……。大丈夫なんですか？」

天知眼は未来も見られるはずだ。美空は羅刹の腕をつかんで尋ねる。

「このままでは大丈夫とは言えない」

「そんな、助けに行かなくちゃ」

走りだそうとすると、羅刹にあっけなくつかまった。

「お前が慌ててどうする」

「でも！」

羅刹には見えても、ふたりが取り残されていることに周囲の人たちが気づいていない可能性もあるのに。

「言っただろ。天知眼で未来を見てもあまり意味がないと」

「あ……」

未来は変わる。ううん、変えられるのだ。

「それなら、なおさら行かないと」

せっかく羅刹の力でわかったのだから、なんとしてでもふたりを助けなければ。

「お前ら、絶対に離れるな」

適当な羅刹らしからぬ、重厚かつ低い声で子供たちを制する。すると子供たちは「はい」と真剣な表情で返事をした。

子供たちを連れて火災現場に近づいていくと、人だかりができている。消防車のサイレンの音が美空の耳にもかすかに聞こえてきたものの、火元の一軒家の玄関付近はすでに炎に包まれていて、中に飛び込んでいける状態ではなかった。

「中に人が！」

美空が叫ぶと、近くにいた四十代くらいの男性が目を見開いた。

「留守じゃないんか。何回呼びかけても声がしないから」

「お母さんとお子さんが取り残されています」

「康子ちゃんが？　消防車はまだか！」

どうやら近所の人らしく、険しい顔で炎の上がる家屋を見つめて叫んだ。

「裏は？」

「裏口も火が回ってるんだ。誰か、水！」

どうやら一階は火の海らしい。人が取り残されていると知った男性は慌てた様子でバケツに汲んだ水をほかの人から預かりそれをかけた。

近所の人たちによるバケツリレーが始まったものの、焼け石に水とはまさにこのこと。とてもではないけれど、燃え盛る火を抑えられそうにない。

「美空！」

羅刹の大きな声がして振り向くと、東側に回った彼が家屋の二階に視線を送っていた。

「あっ、いる！」

かすかに人影が動いた。

東の窓はまだ炎に覆われておらず、ここからなら逃げられるかもしれない。

「はしご車は？」

「時間がない。火が回る」

そう言う羅刹は家屋に近づいて大声で叫び始めた。

「聞こえるか。窓の外を見ろ」

パチパチと家の木材が燃える激しい音が響いているのに、羅刹の声は不思議なくらい響き渡る。

「ここだ」

固唾を呑んで見守っていると、顔をすすで真っ黒にした母親と、腕に抱かれたまだ一歳くらいの子の姿を確認できた。

「ここから飛び降りるしかない。消防車が来るまで待っていたら煙にやられる」

恐怖で顔を引きつらせて涙をあふれさせる女性は小刻みに頷いたものの、声すら出せない様子だ。

「俺が必ず受け止める。まずはその子を投げろ」

羅刹の大胆な発言に驚いたけれど、ボンというなにかが爆発したような大きな音がしたため、彼の意見に賛同して美空も同じように叫ぶ。

「必ず受け止めますから！」

羅刹は怪力の持ち主だ。あんな小さな子なら軽々受け止めるはず。

けれども、涙の止まらない女性は完全にパニックに陥っており、立ち尽くすだけでなんの反応も見せなくなった。

「聞け！」

すると羅刹はさらに声を張り上げた。

「その子を生かすも殺すもお前次第。しっかりしろ！」

炎が迫る極限状態の人に向かって厳しすぎる言葉だと思ったけれど、母親は我に返って窓から身を乗り出す。

「いいぞ。ここだ。俺を信じろ。絶対に助ける」

今度は諭すように伝えると、女性は大きく頷いて子供の額にキスをしてから羅刹に向かって放り投げた。

女性の手から離れた小さな子がまるでスローモーションのように放物線を描いて落

ちてくる。わずかに位置がずれてヒヤリとしたけれど、羅刹はしっかりと受け止めた。

「あぁ、よかった……」

　緊張のあまり息を吸うのを忘れていた美空だったが、ようやく酸素が肺に入ってくる。

「まだだ。美空！」

　羅刹から泣き続ける子を受け取る。母親に守られていたのか、火傷(やけど)もケガもしていない。

「怖かったね。もう大丈夫だよ」

「あぁぁ、崩れる」

　そのとき、背後から大勢のざわめきが聞こえてきて、南の玄関付近の二階部分が焼け落ちたのが見えた。

「今度はあんただ。飛べ」

　大きく手を広げた羅刹は、女性も受け止めるつもりらしい。おそらく彼なら可能だ。しかし二階から飛び下りる大人を受け止めるなんて、普通ならできない。間違いなく自分もケガをする。当然、飛ぶほうの女性も怖いはず。美空は羅刹が怪力だと知っているが、彼女はそうではないのだ。

ただ、もう一刻の猶予もない。メラメラと勢いを増す炎が次第に忍び寄り、女性は窓から身を乗り出すも、どうしても覚悟が決まらない様子だ。

「クソッ。相模！」

飛べないと察したのか、羅刹はなぜか相模の名を呼ぶ。

「お前の出番だ。行け！」

行け、とは？

羅刹がなにを命じているのか理解できず相模に目を移すと、彼は目を真ん丸に見開いて激しく首を横に振っている。

「お前しか行けないんだ。行け！」

羅刹は相模のもとに歩み寄り、強い調子で促した。しかし真っ青な顔をした相模は、カタカタと歯の音を立てながら震え始める。

「どうしたの？」

「お前が行くしかないだろ！」

相模が心配で声をかけたものの、羅刹は相模を険しい表情で叱りつけた。

なにがなんだかわからない。けれど、これほどおびえた相模の姿を見たのが初めてで、しかもそんな相模にさらに罵声(ばせい)を浴びせる羅刹が信じられず、美空は間に割って入った。

「待って」

「待てるか！　命がかかってるんだ」

「でも――」

「あー、あー」

言い争っていると、蒼龍が炎に向けて指をさし、声にならない声をあげる。

「お前は……。よし、好きなだけ遊べ。美空、消火栓の場所わかるか？」

「消火栓？」

そんな急に言われても……と戸惑いながらあたりを見回すと、赤い看板が目に飛び込んできた。

「あそこだ！」

「蒼龍、いいぞ」

羅刹がなにやら指示を出している。

「えっ、なに？」

すると、蒼龍に瑠璃(るり)色のうろこで覆われたしっぽが生え、みるみるうちに羅刹の三倍ほどの背丈になった。水かきのついた四本の足を持つ、まるで龍のような姿に変わった蒼龍を見て、また美空の息が止まる。

蒼龍は蛟だ。蛟の姿に変化したのだ。

美空はようやく状況を理解したものの、腰を抜かしそうだった。羅刹や子供たちがあやかしだと知っていても、食事のときにしっぽや羽がうっかり生えてきても、完全にあやかしの姿に変化したのを見たのは初めてだからだ。

蒼龍が持つ美しいうろこはときどき見ているけれど、いつもはしっぽ程度。全身が瑠璃色に光っていると圧巻だ。

衝撃でまともに話せなくなった美空をよそに、「来い」と指示を出した羅刹は、蒼龍を連れて消火栓のもとに走る。

「これ、どうやって使うんだ。あぁっ、もう!」

栓を開けようとしていた羅刹だったが取り扱い方がわからなかったらしい。いきなり右手を消火栓に向かって振り下ろした。

「え……?」

羅刹の怪力は想像をはるかに超えていた。ぐにゃりと曲がった消火栓に亀裂が入り、水が勢いよく噴き出してくる。

「好きなだけ飲め」

羅刹の指示に従って蛟が体を伸ばし、大きな口を開けて噴き出す水をごくごくと飲み始めた。なにが起こっているのか理解できず、受け取った子供を抱いたまま立ち尽くす美空は、その姿に釘づけになった。すさまじい勢いで水が噴き出しているのに、足りないとでも言いたげだ。

「よし、ここからが本番だ。いいか、あの人には直接かけるな。水圧がコントロールできないから危ない。やれ」

羅刹がそう言うと、蒼龍は今度は飲み込んだ水を口から放水し始める。

「なんだ、これは？」

「水だ！　消防車はどこだ？」

消防車が到着していないのに突然放水が始まったからか、人々がざわつきだした。

「空から水が……。どうなってるんだ？」

放水について不思議がる人はいても、蛟が現れたことに驚く人は誰ひとりとしていない。それがどうしてなのか美空にはわからなかったが、今は火を消すのが先決だ。

「もう少し」

訓練で消防車からの放水を見た経験があるけれど、あれよりずっと水量が多いのには驚いた。燃え盛っていた火がみるみる小さくなっていく。

「そのまま続けろ」

焼け焦げた柱から白い煙が上がりだす。すると、火の勢いが収まった一階の窓から羅刹が中に飛び込んでいく。

「嘘……」

まったくためらいのない行為に泣きそうになったけれど、子を抱く美空の脚に葛葉と桂蔵、そしてガタガタ震えたままの相模がしがみついてくるので、気合を入れた。

羅刹はきっと大丈夫だ。あの女性を助けて戻ってくる。それまでこの子たちは自分が守らなければ。

美空は自分にそう言い聞かせる。

それからどれくらい時間が経ったのか。ちらちら見えていた炎が完全に見えなくなった。

しかし蒼龍の口からの放水は勢いが増していて、おまけに消火栓から水が噴き出したままだから周囲は水浸しになっている。美空たちはもちろんのこと、周辺に集まっていた人たちも頭からバケツの水を被ったようなありさまだ。

「羅刹さん？」

なかなか姿を現さない羅刹が心配でたまらず、ふらふらと焼け残っている窓に近づいていこうとすると「来るな！」という声とともに、気を失っている様子の女性を抱いた羅刹が姿を現した。

羅刹が家屋から出た直後、地響きのような大きな音とともにかろうじて二階を支えていた柱が倒れた。まさに間一髪の脱出だった。

「よかった……。本当に、よかった。お母さんは？　お母さんは無事？」

「とりあえず大丈夫そうだ。救急車はまだか？」

ようやく消防車のサイレンが間近に迫ってきた。救急車のサイレンらしき音も聞こえてくる。

「康子ちゃん！　しっかり！」

先ほどの男性が、羅刹が抱く女性に声をかけた。

「すみません、お願いしてもいいですか？」

「もちろんです。助けてくれてありがとう」

羅刹が康子を男性に預けると、ほかの人たちも寄ってきて彼女を毛布でくるんでいる。

「康子さん、どうなることかと……」

今度は初老の女性が声をかける。すると意識を取り戻した康子は、うっすらと目を開く。

「悟、悟は？」

「悟くんは元気ですよ」

美空が不安げな康子に男の子を抱かせると、彼女は顔をゆがめて泣きだした。

「あり、ありがと……ゴホッ」

きっと煙を吸っているだろう康子は、苦しげな顔をしながらも必死にお礼を口にしようとする。

「無理しないでください。もうすぐ救急車が来ますからね」

「美空、行くぞ」

「えっ？　……はい」

救急車が到着するまで見守りたいと思っていたのだけれど、羅刹が急かしながらチラッと蒼龍を見上げるので、ハッとする。すでに火の勢いは収まり、ほぼ鎮火したにもかかわらず、蒼龍は水を噴き出し続けているのだ。

ちょうどそのとき、ようやく消防車が到着し、消防隊員がホース片手に駆け寄ってくる。

「なんだ、あれ？」

「雨、じゃないよな？」

蒼龍の口からの放水を不思議がり、空を見上げて口々に叫んだ。

どうやらほかの人たちには蛟の姿が見えていないようだ。そうであれば、空のある一点から水が噴き出すという、自然現象では考えられない光景を目の当たりにしていることになる。驚くのも当然だ。

美空は康子と悟の姿をもう一度確認したあと、羅刹や三人の子供たちとともにその場をあとにした。そして人ごみから少し離れて、放水を続ける蒼龍を見上げる。

「蒼龍、終わりだ。よくやった」

羅刹が叫んでも聞こえていないのか、水の勢いは止まらない。

「だから嫌だったんだよ」

「はっ？」

「あいつが水で遊び始めたら止まらない」

「あ……」

水好きなのは知っていたものの、スケールが尋常ではない。命を救うという尊い行為をしたのに、これが遊びの一環だとはびっくりだ。

「蒼龍、終わりだ！」

もう一度羅刹が叫ぶも、一心不乱に水を吐き出し続ける蒼龍は見向きもしない。
水で濡れたうろこが太陽の光を反射してキラキラ光っているさまは美しいものの、そんな悠長なことを言ってはいられない。周辺の道路がうっすらと冠水しだしたのだ。

「まずいな。どうするんだ、これ」

羅刹もお手上げの様子だ。

「あっ、そうだ」

蒼龍に放水をやめさせる手立てを考えていた美空が、ひとつ思いついた。

「蒼龍くん。今日は餃子にしようね。当たりあるかなぁ？」

美空が叫ぶと途端に水が止まり、蒼龍が一瞬で人形（ひとがた）に戻った。

「ぎょーざ！」

蒼龍は最近、餃子にはまっている。野菜をたくさん食べさせたくてキャベツ多めで作ってみたら、皆パクパク食べてくれるのだ。

しかも餃子のいくつかに、デザート用としてバターとともに熱したバナナを包んだものを忍ばせたら、くじ引きのように『どれかなぁ』と楽しみながら食べている。

しかし羅刹には大不評で、バナナ餃子を口に入れた瞬間、思いきり顔がゆがめていた。ただ、見なかったことにしてある。

「バナナありゅ？」

「入れようね」

「いっぱい？」

「そうね、今日は多めにしよう」

蒼龍だけでなく桂蔵と葛葉からも催促されて、美空は苦笑する。しかし、相模だけはずっと浮かない顔をしていた。

さっき、羅刹に『行け』と命じられていたのはなんだったのだろう。

「あぁ、あの方です」

遠くから先ほど康子を預けた男性の声が聞こえてくる。どうやら消防隊員に羅刹を紹介しているらしい。

「おい、逃げるぞ」

「へっ？」

てっきりしたり顔をして出ていくと思いきや、羅刹は近くにいた葛葉と蒼龍の手を引いて走りだす。

「美空、なにしてんだ？　早くしろ」

「は、はいっ」

なぜか叱られた美空は、桂蔵と相模の手を握って追いかけた。

全身びしょ濡れで買い物は中止。一旦屋敷に戻ると留守番をしていたタマがギョッとしている。

「ついでに風呂入れ！」

羅刹のひと言で四人は浴室に走り、湯船に湯がたまるまでシャワーで遊んでいた。

「なにやってきたんじゃ、お前たち」

子供たちがいなくなったのを見計らい、タマが薄ら笑いを浮かべながら尋ねてくる。おもしろがっているようだ。

「火事に遭遇して――」

「蒼龍がやらかしたんだ」

美空が説明し始めると羅刹が言葉を被せる。

「やらかしたってあんまりです。人助けをしたんですから褒めてあげないと」

命が助かったのだから。

「あいつは限度がわからないんだ。はぁ、疲れた」

濡れたTシャツをいきなり目の前で脱ぎ始める羅刹に驚いたが、鍛えられたその体が傷だらけなことにもっと驚いた。

「どうしたんですか、これ？」

「ちょっとな」

桂蔵や葛葉にも傷があるが、そんな程度ではない。左脇腹の傷が相当ひどくて美空は顔をしかめる。

「治ってるからそんな顔するな。これ、洗濯」

「ちょっ」

濡れたTシャツを投げつけられて口をとがらせるも、やはり心配だ。

「羅刹は無謀なんじゃ。そのうち死ぬぞ」

タマがそう漏らすのを聞き、顔が引きつる。

「死ぬ？　死なないでください」

物騒な言葉にどきりとした美空は、むきになって言う。今日も蒼龍が放水していたとはいえ、いつ倒壊するかわからない家屋にためらいなく飛び込んでいった。

美空の言葉に羅刹は一瞬目を見開いたが、すぐに頬を緩める。

「ガキ四人も置いて逝かれたら困るって？」

「違います。羅刹さんが死ぬなんて、考えたくもない」

羅刹だけでなく四人も。そしてタマも。

なんだかんだ言っても家族のように思い始めているのに、誰かが欠けるなんて絶対に嫌だ。

「……そう、か」

羅刹はなぜか視線を外した。

「ほほーん。照れてるんじゃな。……痛っ。虐待反対！」

タマが余計なことを言ったようで、羅刹にポンと蹴られて抗議した。

「照れてる？」

「うるさいな。バナナ餃子は勘弁してくれ。俺のところに入れるなよ」

いつもの不機嫌面でそう言う羅刹は、自分の部屋に行ってしまった。

「なんで照れるの？」

あたり前のことを言っただけなのに。

「鬼は強い。いつも守るほうの立場で、命を張ることすら求めるやつらがいるのじゃ」

「そんな……」

タマの言葉に目をぱちくりさせる。強かろうがなんだろうが、命は誰しも平等にひとつしか持っていないものなのに。

「あいつ自身もそういう意識が常にある。だから心配してもらう経験があまりないいんじゃよ」

「どうして？　心配に決まってるでしょ？」

普段どんなにひどい扱いをされていても、あんなふうに勇敢に家の中に飛び込んでいく姿を見たら心配だし、母親を助けて出てきた彼を英雄だとすら思った。

「もしかして、あのケガも誰かを助けてできた傷？」

「全部とは言わないが多いじゃろうな」

「なんでそこまで……」

他人を助けるのは立派だ。でも、自分の命も大切にしてほしい。

「羅刹は未来を変えたいんじゃ」

「未来？」

「あやかしの世は荒れている。でもいつか羅刹が……」

意味深長な発言をしたタマだったが、そこで口を閉ざしてしまい詳しくは教えてくれなかった。

「……そういえば、今日、蒼龍くんがすごく大きな蛟の姿になって……。あれ、人間には見えないの？」

誰も気づいていない様子だった。ただ、水がおかしなところから噴き出しているとざわついていただけだ。

「我々あやかしは、完全にあやかしの姿に変化すると、人間の目には映らないのじゃ。ただ、中途半端に耳だのしっぽだの出すと丸見えじゃ」

それには納得。食事のときにいつも見ているからだ。

「美空、見えたのか？」

「あ……」

美空の目には蛟に変化した蒼龍がはっきりと見えていた。見えたことになんの疑問も抱いていなかったが、美空も人間だ。見えるのはおかしい。

「ほぉ、興味深い。普通は見えないものじゃ」

「なんで見えたんだろ」

「子供たちにかかわりすぎて、感化されてるんじゃろうか……」

実に曖昧な説明だけれど、タマにもはっきりわからないようだ。

「タマは皆に見えてるよね。それはなんで？」

美空だけでなく、公園のママたちにも見えている。

「それはじゃな……。今はただの猫だからじゃ」

「はいっ？」

よく意味がわからず、首を傾げる。

「だーかーら、この姿は化け猫じゃなくて、猫なのじゃ。本来の俺さまは、もっとイケメンじゃ」

「へー」

つまり、目の前にいるのは中身が化け猫の、ただの猫ということなのだろう。

「なんじゃ、その気のない返事は。俺さまのイケメンぶりに腰を抜かすなよ。それより、バナナ餃子は断固反対じゃ！」

タマまでバナナ餃子にケチをつけて去っていった。

「あれはおかずじゃないけどね」

たしかにご飯と一緒には食べたくない。

「みしょら、入っていー？」

「あっ、今行く」

お湯がたまっても決して子供だけでは湯船に入らないというのは、羅刹と交わした絶対的な約束。もちろん、溺れるのが怖いからだ。

ただ、蒼龍は問題なさそうだ。いざとなれば湯船の水を全部飲んでしまいそうだし。

美空はそんなことを考えながら浴室へと急いだ。

第六章　天狗、初めて空を知る

結局子供たちを引き連れての買い物は取りやめ。まだ少し濡れた髪で、美空だけでスーパーに走った。

先ほどの火事はすっかり鎮火しているけれど、やはり周囲は水浸しだった。

「あ……」

羅刹が壊した消火栓の修理に四苦八苦している様子が見える。

「ごめんなさい」

小声でつぶやき両手を合わせる。もしかしたら羅刹が現場から逃げたのは、消火栓のことを気にしていたのもあるのかも。あんな鉄の塊を拳ひとつで破壊できる人間なんておそらくいないからだ。火事場のバカ力だって限界がある。

とはいえ、羅刹と蒼龍がいてくれたから康子と悟は助かったたし、延焼も防げた。あやかしに守られたなんてわからないだろうなと思いつつ足を速める。

そういえば、相模はなんだったのだろう。風呂に入っている間もひと言も口を利かずただうつむいていた。

羅刹に『行け』と言われたのは、もしや天狗の姿になって飛んでいき、康子を助けろという意味だったのかもしれない。

でも、もともと相模は怖がりなところがある上、あの燃え盛る火を前にしたら躊躇したって責められない。なにせ、まだ二歳なのだし。

それなのにあのとき、羅刹は『お前が行くしかないだろ！』とかなりきつい言い方で責めた。

羅刹は育児放棄気味だけれど、相模の臆病な性格は把握しているはずだ。さすがにそんな無理強いをするほど非道でもない気がする。

たしかに人の命がかかった緊迫した場面だった。でも、相模が火を恐れた気持ちも理解できるからこそ、彼の意気消沈ぶりに同情してしまう。

相模が飛ぶ姿を見たことはないけれど、食事のときに羽が見え隠れすることはある。着物姿であれば羽が大きくなるとあわせがはだけるし、Tシャツのときはまくれ上がる。なかなかシュールな光景だ。

子供たちの変化も、最初は驚きの連続だった。しかしさすがに慣れてきて、今はなんとも思わなくなっている。とはいえ、完全な蛟の姿はさすがに腰を抜かしそうだった。あれが蒼龍だと知らなければ失神していた自信がある。目の前に大蛇でも現れたかと思って間違いなく取り乱しただろう。

「ちょっとヘビの類はね……」

あまり得意ではない。しかし、楽しそうに水をかけ続ける、どこかほのぼのした蛟を見たあとでは苦手とも言いきれず複雑な気持ちだ。

「あれっ？」

鬼は天知眼を持つ怪力。妖狐は化けたり魂を憑依させたりするのが得意。蛟は水を操る。では、天狗はなんだろう。羽があるから飛べるはずだけれど……。

「羽団扇？」

美空は記憶を総動員して天狗について知っていることを必死に思い出した。

天狗は大きな羽団扇をブォンと扇いで火をおこすんじゃ……。

ただの神話だし、本当のところはわからない。それに、羅刹があの場で火をおこせと命じるわけがなく、やはり飛んでいって助けろのほうが正解だろう。

それにしても、もし羽団扇で火を操るのが得意ならば、火事をあれほど怖がったのが不思議だ。人間がそうなように、あやかしにもそれぞれの性格があるのだろうか。

きっと相模は何事も慎重なタイプに違いない。

　美空はそんなふうに自分を納得させて先を急いだ。


「やだぁ、葛葉のー！」

　その日の夕飯は大騒動。栄養補給のおかげでかわいい耳が生えてきた葛葉と桂蔵の餃子の取り合いが始まり、ため息をつく。

「桂蔵くん、こっちもあるよ」

　大量に作った餃子を大皿に盛って出したのが間違いだった。皆、バナナ餃子を求めてあれこれ品定めをしているのだ。

「やぁー、しょれがいいのぉ！」

　ふさふさのしっぽを激しく振りながら熱いバトルを繰り広げるふたりに、『でもこれ、多分バナナじゃないよ？』とは言えず苦笑するばかりだ。

　そんなふたりを意に介さず、今日の立役者・蒼龍は黙々とマイペースに食べ進む。

「バナナ！」

　そして満面の笑みでひと言。どうやら適当に選んだ餃子が当たりだったらしい。

　これは葛葉や桂蔵への嫌みでもなんでもなく、天然ゆえの素直な発言だ。しかし、バナナ餃子が欲しくてたまらない葛葉と桂蔵は、思いきりしかめ面で蒼龍をにらんでいる。まあ、蒼龍はまったく気にしていないので問題ない。

「頼むから分けておけよ！」

相変わらず端に座って、子供たちの面倒を見るわけでもなく食事をする羅刹が、悲愴感いっぱいの声を発した。どうやらバナナが当たったらしい。

「分けるとバナナしか食べてくれなくなるんです！」

せっかく野菜を食べさせようとキャベツたっぷりにしてあるのに、どちらかわかるようにしたらバナナのほうしか減らないのが目に見えている。

「お前が変な餃子を作るのが悪いんだ」

「子供たちのデザートでしょう？　せっかく工夫したのに」

羅刹に文句を言われて腹が立つ。こんなことなら、そのままバナナをかじらせておけばよかった。

「バナナぁー」

そのうち桂蔵がグズりだし、修羅場と化した。

「わかった。ひとつずつ皿にあげるからそれ食べよ？」

ちょっとしたゲーム感覚を楽しもうと思ったのが間違いだった。やはり平等でないといけないようだ。

子供たちや羅刹には見分けがつかないようだけれど、作った美空はどれがバナナ餃子なのかすぐにわかる。四人の皿にひとつずつ置いていった。

「バナナぁ！」

葛葉との戦いに敗れそうだった桂蔵が、ひときわ大きな声で喜びを表す。『バナナよ、よく来てくれた』と言わんばかりの輝いた笑みは微笑ましくて、美空の口角も上がった。

しかし、さっきから相模の箸が進んでいない。いつもならバナナ争奪戦に参加しているのに。

「相模くん、食べないの？　バナナ好きでしょう？」

「僕、食べりゅー」

すかさず隣の蒼龍が、相模の皿に手を伸ばすので慌てて止めた。

「蒼龍くんはもうお腹の中に入っていったでしょ？　これは相模くんの。ほかの餃子を食べてね」

本当なら、今日大きな仕事をした蒼龍にご褒美をあげたいところだけれど、相模の元気のなさが気になって仕方がない。

「相模。食べないなら部屋に行っていいぞ」

「羅刹さん！」

冷たく言い捨てる羅刹を制したが、相模は眉根を寄せて涙をこぼし始めた。

「あぁ、泣かないで。ゆっくり食べればいいんだよ」

焦った美空は隣に行って慰める。

「放っておけ」

「そんな……」

どうして今日はそこまで冷たいのだろう。

いつもぶっきらぼうだし、とんでもないことを言い出すけれど、羅刹の言葉には必ず思いやりが隠れているのに。今日は凍えそうなほど冷酷だ。

大粒の涙をこぼした相模は、とうとう茶の間を出ていってしまった。

「相模くん！」

「美空、放っておけ」

相模を追いかけようとすると、羅刹に止められる。

「でも」

「いいから。食えるときに食わなければ死ぬだけだ」

背筋がゾクッとするような低い声で羅刹が言う。

一体どうしたものか。羅刹も相模も普通じゃない。

放っておくように釘を刺されたものの、気にならないわけがない。

バナナ餃子にありつけた子供たちは満足したらしく、そのあとは顔をご飯粒でいっぱいにしながらもしっかり食べてくれた。

相模が気になる美空も黙々と食事を続けたあと、相模のご飯をおにぎりにする。

すると羅刹や子供たちが茶の間から出ていったのを見計らい、タマが足元に寄ってきて話しだした。

「当たったんじゃけど」

あぁ、バナナか。欲しくない者にはもれなく当たるのが不思議だ。

「それはおめでとう」

「はー。あんなのが餃子だとは認めん！」

「デザートだから」

美空も白米と一緒には食べたくない。

「それで、なにがあったのじゃ？」

なるほど。文句よりそっちが聞きたかったようだ。タマも羅刹の態度がおかしいと感じているに違いない。

「さっき、火事のとき――」

蒼龍については話したけれど、相模と羅刹との一件は明かしていなかったため伝えた。

「ほほー」

反応はまるで人間なのに、猫の姿なのがおかしい。そういえばタマはどうして人形ではなく、猫の姿なのだろう。

「タマって人形にはならないの？」

「まあ、そうじゃな。趣味じゃ」

「趣味？　……そう」

あきらかに嘘をついていると思われたものの、聞かれたくないのかもしれないとそこで会話を切った。今はそれより知りたいことがある。

「ねぇ、相模くんと羅刹さん、なにかあるの？」

事情通のタマなら知っているのではないかと期待いっぱいの眼差しを送ったけれど、

「さぁ？」としらばっくれている。

「知ってるんでしょ？」

「だから、さぁ?と言ってるじゃろ」

「大根ね」

間違いなく心当たりがありそうだ。

「大根？　あれは下ろしてさんまと一緒に食うと最高じゃ」

「大根役者って言ってるの。すっとぼけてるのバレてるから、吐いて」

タマが真ん丸の目を不自然にキョロッと動かす。

「お前、今日はシャープじゃのぉ」

「いつも鈍いみたいな言い方はよして。それで？」

タマが懸命に話題をそらしていることくらいお見通しだ。

はぁー、と猫らしからぬ大きなため息をついたタマは、ふてぶてしい表情で口を開く。

「相模は踏ん張りどきなんじゃ」

「踏ん張りどき?」

「〝親とはぐれたかわいそうなあやかし〟でずっと生きていけるほど甘くはないのじゃよ。それを理解して、どこかで覚悟を決めないとなぁ」

羅刹やタマの話を聞いていると、あやかしの世は平和ではなさそうだ。美空にはどれほど過酷な世界なのか想像もつかないけれど、こんな幼いうちからそうした覚悟をしなくてはならないのだろうか。

「でも、まだ二歳なんだよ？　お母さんに甘えたい年頃なのにそのお母さんもいなくて……。きっと我慢してるんだろうに、その上覚悟とか」

試練が大きすぎると、美空は少々むきになる。

「なにも羅刹のように誰かを守れと言っているわけじゃない。一瞬のためらいで落とす命を嫌というほど見てきたんじゃ。自分の身は自分で守れるようになる必要がある」

タマの話が理解できないわけではない。けれども、人間の感覚でいえばやはり厳しい意見だ。二歳児に〝自分の身は自分で守れ〟と話しても、まず理解すらできないだろう。

「うーん。わかるんだけど、両親と離れてしまった心の傷を癒すほうが先じゃ？」

「死ぬかもしれなくても、そんな悠長なことを言っていられるのか？」

「それは……」

美空は言葉に詰まった。それほど死と隣り合わせの場所なのだろうか。あやかしの世を知らない美空にはこれ以上反論できない。

「羅刹はそれを一番よく知っている。だからこその言葉じゃ」

どうして今日はこれほど冷たいのだろうと思ったけれど、やはり羅刹の言葉には裏があるのだろう。ただ、それを人間である美空があっさり理解するのは難しい。

「そっか……」

「それより、バナナ餃子はもう作ってはならんぞ！　わかったな？」

「あーそう。いらないなら食べなくていいから。カップ麺置いておくね」

「はーっ！」

タマの顎が外れそうになっているのをチラリと視界に入れてから、美空はおにぎりを持って相模を捜し始めた。

布団を敷いてとお願いしたにもかかわらず、いつも通りドタバタと大騒動が始まっている奥座敷には、相模以外の三人しかいない。

美空はおにぎり片手に屋敷中をウロウロした。すると、庭の大きなモチノキの木の下に座り込み、放心している相模の姿を見つけた。

「相模くん」

そっと近づき声をかけると、相模は体をビクッと震わせて身構える。

「そんなに怖がらないでよ。お腹空いたでしょ？　おにぎり。あとバナナ餃子もね」

相模の隣に行って同じように腰かけて、それらを差し出す。

「どうした？　食べていいよ」

いつもなら食べ物を差し出されたらすぐに手が出るくせして、彼は顔をしかめてうつむくだけ。もう一度促してみたけれど、反応はなかった。

食いしん坊が食べないなんてかなり深刻だ。

「私、あやかしの世界のことはよくわからないし、羅刹さんや相模くんがどんな役割を背負っていて、なにをしなくちゃいけないのかさっぱりなの。でもね、私はずっと相模くんの味方だから」

美空がそう伝えると、相模がようやく視線を合わせてくれた。

公園で会った藤川のおばあさんも、葛葉が変化した娘の晶子に『ずっとあなたの味方』と話した。美空はその心境が痛いほどわかる。

「私なんて、羽も耳もしっぽもない。羅刹さんみたいな不思議な目も力もない。ご飯作るのだけが得意なただの人間。でも、皆がおいしいって食べてくれるとまた頑張ろうって思うの。ちょーっとケンカは減らしてほしいんだけどね」

相模の目が潤んできて、なぜか美空まで胸がいっぱいになる。

「こんな私でも、『みしょらー』って皆が頼りにしてくれて……。あの日、相模くんたちに拾ってもらえてよかったなって」

公園で倒れたあの日。信じていた人に裏切られたという衝撃と、どんなに頑張ってもなにもいいことがないという絶望。そんな負の感情に心が埋め尽くされて、父や母のもとに旅立ってしまいたいと願った。

けれども、子供たちや羅刹に拾われてこの屋敷にやってきて、生きていてよかったと感じている。

正直、毎日倒れそうなほどへとへとだし、非協力的な羅刹には腹を立てているけれど、自分を必要としてくれる人たちがいるというのはとても心地いいものなのだ。

「だから、私はずーっと相模くんたちの味方でいる。約束する」

彼のためになにをすべきか。どんな悩みがあるのか、聞いてもわからないかもしれない。でも、なにがあっても相模やほかの子供たちを裏切らないと誓える。

「僕……」

顔をゆがめる相模は、震える声で話しだしたが続かない。すぐに固く口を閉ざしてしまった。

「私はいつでもお話を聞くから焦らなくていいんだよ。あとね……羅刹さんもきっと同じ。あんなふうに言ったけど、絶対に相模くんを大切に思ってる」

冷たい言葉を浴びせたときは、ひどすぎると美空も心がざわついたけれど、タマの話を聞いたり、こうして身寄りのない彼らを預かって育てていることを考えたりすると、やはり冷たい男ではないはずだ。厳しいあやかしの世を生き抜いてきたからこそ、子供たちに伝えなければならないことがあるのだと今は思える。

「ね、とりあえず食べよ？　相模くんの好きなしらすをいっぱい入れてきたの」

カルシウムを摂らせたいと考えて、最近はしらすをご飯に混ぜたりしている。相模はこれが大好物だ。

相模の小さな手に強引に握らせると、彼はチラッと美空の顔を見てからパクッとかじりついた。一旦食べ始めたらすさまじい勢いでふたつ目のおにぎりも食べつくす。

「バナナ餃子は？」

「食べりゅ！」

よかった。少し元気が戻ってきた。

「それじゃ、あーん」

皿にのせてきたそれをフォークに刺して、大きく口を開けた相模に食べさせた。

本当は四人全員とこうしたスキンシップを取りたいとは思っているものの、いつも食事時は修羅場でそれどころではない。

子育てを経験して初めて気づいたけれど、ばっちりメイクをして着飾り、雑誌に載っているようなおしゃれなカフェで、カフェオレ片手に赤ちゃんをあやす……なんて絶対に無理。メイクもそこそこに、髪はかろうじて櫛（くし）を通せればそれでよく、汚れても問題ない服で走り回る。カフェに行くどころか、家でもコーヒーを飲めない日のほうが多い。炎天下の公園でだだをこねる子供たちに、眉をひそめながら『ダメでしょ！』と叫んでいるのが現実だ。

ただ、逃げ出したいと毎日のように思っても、もうこの子たちから離れた生活なんて考えられなくなっている。

「おいしい？」

「おいち」

もぐもぐ咀嚼する様子がかわいくてたまらない。

「よーし。皆のところに戻ろう」

美空が手を出すと相模は素直にそれを握ってくれた。

「お前、相模に厳しすぎじゃ」

音も立てずに部屋に入ってきたタマが言うので、寝そべってだらだらしていた羅刹の眉間に深いしわが寄った。

「は？」

「は？じゃない。気持ちはわかるが、美空の言うことに一理あると思うぞ。さっき聞いてたじゃろ？」

羅刹はタマの察しのいいところが嫌いだ。たしかに、美空とタマが話しているのを盗み聞きしていた。

「そうやってすぐ黙る」

「お前の説教なんて聞いてない」

羅刹だって、自分が相模にかけた言葉の重みくらい理解しているのだ。ただ相模が泣くからといってこのまま放置もできない。

羅刹が起き上がると、タマはその前に腰を下ろした。

「残念ながら、わしはお前に感謝しているのじゃ」

「残念ってなんだよ」

タマの言いぐさが気に入らず反論した。

「わしだって、この呪いさえ解ければ自分の身くらい自分で――」

「できないことをガタガタ言っても仕方がない。それに、呪いが解けたところで自分を守れるかどうかは別だ」

羅刹は遠くを見つめてため息をついた。

目の前で、桂蔵と葛葉の両親が濁流にのまれていったときの無念さを忘れられないでいるのだ。

あのとき、羅刹は子供たちを預かるだけで精いっぱいだった。

九尾を持つ彼らの父親は妖狐の中でも強い存在だったはずなのに、あやかし界の争いで命を落としてしまった。おそらく父親ひとりなら立ち回れただろう。しかし、家族というかけがえのない存在を持ち、それが弱点にもなった。子供を守るために命をかけ、死んでいったのだ。

「桂蔵たちの両親が死んだのはお前のせいではなかろう」

猫のくせして心の中を読まないでほしい。

「わかってるよ」

「嘘つけ。お前はあちらの世を見捨てたような振りをして、本当はずっと気になってるんじゃろう？　そりゃあそうじゃろうな。お前は――」

「うるさい！」

タマの発言にいら立つ羅刹は、畳にこぶしを打ち込んで大声を出した。

――あやかしの世で最も強いのは鬼だ。羅刹の父が頂点に立ち、長らく平穏なときが流れていた。

しかし虎視眈々とその地位を狙っていた大蜘蛛が、次に頂点に立つだろう羅刹をさらって幽閉した。そのとき、羅刹は四歳だった。それが二十数年前のこと。

あやかしは人間よりずっと寿命が長く、成長もゆっくりだ。あやかしの一年は人間の約十年に匹敵する。だから人間の感覚でいえば、二百年以上も閉じ込められていたことになる。

羅刹をとらわれた父は、渋々頂点の座を明け渡そうとした。しかし、自分を慕い大蜘蛛に歯向かう者たちが無差別に殺戮され始めたため、このままではとてつもない数のあやかしが犠牲になると察し、苦渋の思いで戦うことを選んだ。

息子である羅刹の命が危ういと承知しながらも、日に日に増えていく犠牲者を無視できなかったのだ。

予想に反して大蜘蛛は羅刹を殺しはしなかった。羅刹に鬼の一族が持つ天知眼を使わせ、大蜘蛛に敵対する者たちの居場所をひとり残らず突き止めようとしていたからだ。大蜘蛛は自分が頂点に立とうとも、どこかに反対因子が残っていては、いつか寝首をかかれると恐れていた。

それに気づいた羅刹は、どれだけ拷問を受けようとも能力が開花していない振りをして仲間を守り、生きながらえた。

地下での長い幽閉生活で絶望していた羅刹だったが、鬼の末裔として備わっている天知眼の精度と、怪力が徐々に増しているのには気づいていた。

大蜘蛛が仲間たちをかき集め、総攻撃を仕掛けるべく、結界の張られたあやかし界の中枢——羅刹の両親や多くの仲間たちがいる場所に乗り込んでいく光景を天知眼で見て知った羅刹は、逃げ出す好機がようやくやってきたと感じた。

大蜘蛛たちが中枢へと向かっていったその日。まずは幽閉されていた地下の部屋の重い石の扉を一撃で破壊した。残されていた数名の監視を潰すことなど造作もない。

それからものの数分で、あやかしの世にも存在する太陽のもとに立っていた。

しかし、感動を貪る暇などなかった。すぐに天知眼で父の居場所を探ったが、結界の中までは見ることができず、結界の外にいる仲間たちを捜し始めた。

それからの数日はまるで地獄。大蜘蛛の仲間が起こしたと思われる嵐のせいで洪水が起こり、荒れ果てた大地を前に羅刹は無力だった。

非道で奔放な大蜘蛛は、自分の利益にしか興味がない。大蜘蛛の支配下では穏やかな生活など二度と叶わないと悟っているあやかしたちは必死に戦いを挑んでいたものの、数えきれない者が命を落とし、大ケガを負っていた。

桂蔵と葛葉の父もそのうちのひとりで、蜘蛛に変化して間者として働いていたのだが正体を見破られ、家族を逃がそうとして命を落としたのだ。

羅刹の体に刻まれた数々の傷は、幽閉されていた間に傷つけられたり、ほかのあやかしを助けたりしたときに負ったものだ。

ところがいくら仲間を助けても、『鬼が大蜘蛛の暴走を止められなかったせいでこの世が混乱したんだ。責任をとれ』と責められるばかり。家族や大切な者を失ったあやかしたちは、やり場のない憤怒や暗澹たる思いを羅刹にぶつけたのだ。

助けても助けても責められ続ける羅刹はいたたまれなくなり、あやかしの世を出ることにした。そのとき拾ったのがあの四人だった——。


「放っておいてくれ」

羅刹が再び寝転んで言うと、タマはなにも言わずに出ていった。

両親に会えない子供たちの苦しみは、自分が一番よく知っている。なにせ四歳で連れ去られてから、両親に一度も会えていないからだ。それどころか、安否すらわからない。

あやかしたちの団結力が失われてはいなかったことから、あの総攻撃までは生きていたと確信しているものの、攻撃を受けた結末はわからないのだ。天知眼を使っても、荒野が見えるばかりだった。

美空に出会う三月ほど前に人間の世にやってきた羅刹は、決して未来を見ようとしなかった。

未来は絶望ばかりだから見たくない。そう思っていた羅刹だったが、拾った子供たちが元気を取り戻していくのを見ていたら、未来は変えられる、いや、変えてみせると思うようになった。

「あぁっ、もう！」

羅刹は頭をかきむしり、大の字になった。

美空が来てから、子供たちの笑い声が増えた。食事が改善されたからか、力もみなぎっている。みなぎりすぎてうるさくて仕方がないが、おそらく子供はこういうものなのだろうと納得しているし、どこかでホッともしている。

子供たちを拾ってきたものの、当然子育てなどしたためしはなく、なにをしたらいいのかさっぱりわからなかったのだ。

美空のおかげで、正しい道を歩み始めた気がしている。

とはいえ、あやかしと人間では立場が違う。あやかしにはあやかしの覚悟が必要だ。いつまでこの平穏な生活が続けられるかわからないのだから。

「相模くんはなんのお話が好き？」

「かちかちー」

廊下から美空の声が聞こえてくる。どうやら落ち込む相模を慰めてくれたようだ。相模のいつも通りの元気な声に安堵した。

「カチカチ山？　なかなかえぐいの好きだね」

子供相手にその言い方はないだろと思いながらも、口角が上がった。

美空の言動はときに突拍子もないしうるさいと感じることもあるが、妙に熱いのだ。子供たちもそれに気づいているのか最近は彼女にべったりで、パワーアップしている。

ただ、餃子にバナナを入れるのだけは勘弁してほしい。

羅刹はそんなことを考えながら、障子に映るふたりの姿を目で追った。

◇◇◇

「美空さん、ちょっと痩せた？」

「痩せてはいないと思うんですけど、もしかしてクマできてます？」

火事の一件があってから一週間。相模は元気を取り戻したように見える。

ただ、ふとした瞬間に遠くの山を見つめて放心していることもあり、いまだ目が離せない。

そんな相模を励ましたくて、羅刹にぶつくさ文句を言われながらも公園に来たのだけれど、立ち話を始めると沙良ママにいきなり指摘されてしまった。

「ちょっと顔色悪いかも。そうよね。四人も育ててたら顔色くらい悪くなるよね」

「まあ……」

外では面倒見のいいよき父親ぶりを見せる羅刹が、家ではまったく機能しないのが一番の原因だ。

ニャーンと猫撫で声――まさに猫なのだが――を出して雄平ママの脚にまとわりつくタマ。

タマは一応先陣を切って進み、危険がないかをチェックしてくれているようだけれど、最近買い物に行くときはついてこない。でも公園には来るのは、多分雄平ママに撫でてもらうためだ。

「タマくんは相変わらずかわいいよねぇ」

「そうでもないですよ。文句ばっかり」

タマは美空の発言に、ニャアアア！と抗議の声をあげているものの、事実を話しただけなのでここは無視だ。

「文句？」

「鳴き声がそう聞こえるんです」

奈美ママにつっこまれたけれど、適当にごまかした。

「相模くん、三輪車上手になったね」

「いつもお借りしてすみません」

「いいの。雄平は飽きたみたい」

相模が短い脚を懸命に動かして三輪車で暴走している。満面の笑みを浮かべる彼を見るのは久しぶりだ。

「うちも買おうかな」

「そうすると、四台買わないといけなくなるよね」

「そっか……」

沙良ママの言う通りだ。一台を仲良く使うなんて絶対に無理。桂蔵はブランコがお気に入りで、葛葉と意気投合した沙良は、なぜか草をむしっている。蒼龍は……。

「あー」

蒼龍の姿を確認して変な声が出た。湿った木の下の土を掘り起こして泥団子を作っているのだ。一番おっとりしている彼だけど、一番の汚し屋でもある。

「ねぇ、すごいね、最近」

奈美ママが空を見上げて言う。空には大きなカラスが四羽、バサバサと羽を動かして飛んでいた。

「カラスね。ごみを散らかして大変みたい。うちもカラス避けボックス買ったよ」

「うちはまだネットなの。買おうかな」

奈美ママと沙良ママが口々に話すのを聞きながら、ふと相模の羽を思い出した。彼の羽も真っ黒だ。完全に変化した姿をまだ見ていないけれど、カラスのように邪魔者扱いされてしまわないだろうか。

そう考えたものの、あやかしの姿は人間には見えないと思い出して、ホッとした。

「そろそろ帰ってお昼の準備しないとね」

沙良ママの言葉に反応したほかのママたちが、「帰るよ」と子供たちを呼び始めた。

「あーっと」

三輪車を借りた相模は、雄平にしっかりお礼を言えている。こんなかわいらしい子が心に暗いものを抱えていると思うと、胸が痛い。

「バイバイ」

雄平は飛んでいきそうなほどブンブン手を振って、三輪車にまたがり帰っていった。

「さぁて、うちも帰る……ちょっと待った！」

ママたちに挨拶をしているうちに、葛葉と桂蔵が蒼龍のところに集合している。

「あーあ、残念じゃのぉ」

タマが他人事のように言うのを聞いて、脱力した。

「みしょらー、おにぎり！」

汚れた手で触れたのだろう。思いきり頬に泥をつけた葛葉が、適当に手で丸めただけの泥団子を得意げに掲げている。

「おうち持ってくー」

「ちょっ、ポッケに入れちゃダメ！」

なんでもポケットにしまうという得意技を桂蔵が発揮しようとするので、慌てて駆け寄って止めた。

「これは入れないの。石がギリ」

石だけは目をつぶろう。

「トカゲしゃんは？」

「トカゲ？　ダメに決まって……キャア！」

さも当然という顔をしてポケットに泥だらけの手を突っ込んだ蒼龍がトカゲを出してニタニタするので、卒倒しそうだった。

「もう、ほんと無理。羅刹さ……」

羅刹に助けを求めようとしたが、彼は涼しい顔をしてベンチに座っている。

「役立たず！」

美空が叫んだそのとき、飛び去ったと思っていたカラスが先ほどより数を増して再び舞い戻ってきた。カァーカァーと一羽が激しく鳴けば、ほかのカラスも負けじと声を張り上げる。大合唱になっていくのが不気味で、美空は子供たちを背中に隠した。

カラスが人を襲うという話を耳にした覚えがあるからだ。

「鳥しゃん、いっぱいー」

桂蔵が叫んだそのとき、美空たちの少し先でカラスたちがグルグルとある一点を中心に回り始めたかと思うと、そのうちの一羽がすさまじい勢いで下りていった。

「相模！」

すると、なぜか羅刹が興奮した様子で相模の名を呼ぶ。

「なに？」

美空が混乱していると、一旦地面に降り立ったカラスがもう一度ふわっと飛び上がった。どこかで、ニャアアアという激しい猫の鳴き声がする。

「タマ？」

いつもの声より高く感じたのは気のせいだろうか。

首をひねりながらタマを捜すと、タマは美空たちの目の前をタタッと横切って、鳴き声がしたほうに向かって走っていく。

どうやらさっきの鳴き声はタマではなく、ほかの猫のようだ。

頭上で不気味なほどグルグルと円を描くカラスの中の一羽は、再び地面めがけて急降下する。

「相模、行け！」

タマだけでなく羅刹までカラスが狙う先へと走りながら、再び相模に指示を出した。

しかし相模は、真っ青な顔をして首をふるふると横に振っている。

「相模くん？」

美空が相模に声をかけた瞬間、カラスがなにかを咥えて空高く上がっていく。

「放せ、このヤロウ！」

聞こえてきたのはタマの声だ。子供たちの前では絶対にしゃべらなかったのに。

「クソッ」

羅刹も空を見上げて悔しそうに唇を噛みしめる。

「あっ……」

美空は気づいてしまった。カラスが咥えているのが子猫だと。

まだほかにも猫がいるのか、ニャア、ニャアアア！という大合唱が始まった。さらわれた子猫を返せと訴えているに違いない。

そのうち、カラスは口を開けて子猫を落としてしまった。

美空はとっさに両手で目を覆う。もうこの残酷な光景を見ていられない。

おそるおそる目を開けると、羅刹が落とされた子猫のもとに駆けつけていた。タマの姿も見える。

羅刹が眉をひそめて悔しそうな顔をしたのを見て、助からなかったのだと察した。

「なんで……」

人間からしたらかわいいばかりの子猫。けれど、動物の世界は弱肉強食だ。ときに猫がカラスに襲われる事態があるというのは美空も知っていた。ただ、目の前でそれを目撃すると、衝撃で現実を受け止めきれない。

「少し離れようか」

美空は子供たちが見ているのを思い出し、猫から離そうとした。ただならぬ雰囲気を感じ取ったのか、いつもはやんちゃ全開の子供たちも口を閉ざして美空の指示に従い始める。

ところが、相模だけはその場に立ち尽くして微動だにしない。

「相模くん？」

もう一度声をかけると、彼の目から涙がはらはらと流れだした。

「どうしたの？」

火事のときから、なにかを羅刹にせっつかれてはこうして涙している。タマは『踏ん張りどき』だとか『〝親とはぐれたかわいそうなあやかし〟でずっと生きていけるほど甘くはないのじゃよ。それを理解して、どこかで覚悟を決めないとなぁ』と話していたけれど、どういう意味なのかまだわからないでいる。

相模は、美空が尋ねても声すら発せず立ち尽くして泣き続けていた。

子猫をほかの猫の仲間のところに戻した羅刹は、険しい表情で近づいてくる。美空ですら背筋が凍りそうなその冷たい視線は、幼い相模に向けられた。

「助けられた命だった。わかってるよな」

「羅刹さん、あの……」

こんな小さな子にぶつける言葉としては、あまりに手厳しい。

とっさに間に入ったけれど、「美空は黙ってろ」と制されてしまった。

「お前はずっとそうやって生きていくのか？　仲間が……桂蔵や葛葉、蒼龍が同じような状況に陥っても、指を咥えて見ているつもりか？」

強い叱責に、相模はさらに大きな声で泣き始める。

「泣いたって遅い。もうひとつの命が失われたんだ。後悔なんてなんの役にも立たないんだ！」

ギリギリと音が聞こえてきそうなほど強く歯を食いしばる羅刹は、憤りを隠そうとはしない。

「ほかの仲間はお前を守ると思うぞ。よく考えろ」

羅刹は冷たく言い捨て、今度はあとの三人に声をかける。

「美空の言いつけを守って家に帰れるか？」

「はいっ」

威勢のいい声が三つそろった。

「美空、タマをつけるから子供たちを先に屋敷に連れて帰ってくれ」

「羅刹さんは？」

「俺は、子猫を弔ってから帰る。頼んだ」

美空は頷き、泣き続ける相模と手をつないだ。

もうこれ以上つらい現場を子供たちに見せる必要はないと、羅刹が判断したとわかったからだ。

普段は嫌みばかり言ってくるタマも羅刹の指示に従い、美空のそばに駆けてくる。

タマは猫仲間が目の前で殺されて、心中穏やかではないはずだ。しかし、子供たちを屋敷に連れ帰るのが自分の仕事とでも言いたげな凛々しい表情で先頭を歩き始めた。

その日。いつもは脱線してあちこち行ってしまう子供たちも、しっかり手をつないで黙々と歩いて帰宅した。

タマは先を歩いて危険がないかを確かめ、美空は四人がなにかに気をとられないか終始注意しながらではあったけれど、羅刹の言いつけをしっかり守った彼らは、少しも手がかからなかった。

ただ、相模だけは泣きやまず、屋敷に到着すると奥座敷にすっ飛んでいき、押し入れの中に隠れてしまった。

お昼ご飯として、子供たちにはバナナ入りのホットケーキを出した。

いつもは取り合いが始まる三人の間にも重い空気が流れていて、子猫が死んでしまったのを悼（いた）んでいるのがわかる。あんなに派手にケンカをするくせして、皆優しい心の持ち主なのだ。

食事のあと、庭で遊んでいるように促した美空は、ホットケーキを持って相模のいる奥座敷に向かう。すると、途中でタマが出てきた。

「まだ泣いてる？」

ほかの三人にご飯を食べさせるから様子を見てきてほしいと頼んでおいたのだ。

「泣いているな。押し入れから出てこない」

タマは落ち着いた口調ではあったが、苦々しい顔をしていた。

「そう……。さっき羅刹さんは相模くんになにを促したの？」

「天狗は羽を持つ。美空も見たことがあるじゃろう？」

「うん」

小さいけれど、艶のある黒い羽だ。

「それを使って自由自在に空を飛べるものなんじゃ」

やはり、カラスに向かって飛んでいって威嚇しろ、もしくは子猫を助けろという指示をしたのだ。羅刹も地上ならば子猫を助けられたのだろうけど、咥えて飛んでいかれてはどうにもならない。

「でも、火事のときもあの炎に向かっていくのは勇気がいるし、今日だって……」

カラスは群れを成していた。あそこに飛び込んでいけと言われても躊躇して当然だ。

「天狗はそもそも火を操るのじゃ。炎が怖かったわけではなかろう。今日も、あれくらいのカラスの数なら、あやかしの手にかかればひとひねり」

「それじゃあどうして?」

どうして相模はあれほど泣きじゃくり、飛ぶのを拒否したのだろう。

「飛べないのじゃ」

「飛べない?」

「羽はあるから飛ぶ能力はある。でも、飛び方を知らないのじゃ」

タマの言葉が理解できるようで理解できない。それでは、どうすれば飛べるようになるのだろう。

　首をひねっているとタマは続ける。

「桂蔵や葛葉、蒼龍はそれぞれ力の使い方を親から教わっている。未熟な蒼龍は歯止めが利かなくなるという欠点はあるのじゃが……」

「それで水浸しにしたんだ」

「そうじゃ。あやかしにはそれぞれ使命があるが、蒼龍が水を操るのはまだ遊びの延長線上でしかなくて、難しいことは考えていない。これから使命について知っていけばよい。ただ相模は、両親に飛び方を教わる前に生き別れてしまったんじゃ。おそらく羽が未完成だったのじゃろう」

　それは盲点だった。羽があるのだから飛べるのは当然だと思っていたのは間違いだったようだ。

「飛び方を教わっていないから飛べないのなら、叱られたって無理なんじゃ？」

　湧いた疑問をそのままぶつける。するとタマは小さなため息をついて首を横に振った。

「飛び方は難しくなかろう。あの羽の大きさまで育っていれば、今すぐにでも飛べるはずじゃ。問題は気持ちじゃろう」

「そうじゃ。なんでも初めての経験をするときは緊張がつきものじゃ。ましてや高く空を飛ぶという行為は、したことがない者からすればとてつもなく恐ろしい」

飛ぶ勇気がないとは、意外すぎて驚きを隠せない。

そういえば相模は四人の中でも慎重派で、初めてのことには尻込みしがちだ。以前、〝石橋を何度も叩いて大丈夫だと確認したあとでも躊躇して、結局渡れないタイプ〟だと感じたことがあったが、それが〝飛べない〟につながっているのかもしれない。

「そっか……。だけど、責めても飛べるようにならないよね」

「それじゃあ、また目の前で犠牲になる者が出ても構わないいんだな」

突然うしろから声をかけてきたのは羅刹だ。シャツの袖口が泥で汚れているのは、子猫を弔う穴を掘ったからだろう。

彼は『桂蔵や葛葉、蒼龍が同じような状況に陥っても、指を咥えて見ているつもりか？』と相模を責めたけれど、できないものを責めても仕方がないのではないかと思う。

「でも……」

「それに、今のままでは自分すら守れない。いつでも誰かが守ってくれると思ったら大間違いだ」

羅刹の話を聞いていると、あやかしの世の非情さは伝わってくる。けれども、目の前のかわいい相模しか知らない美空は、やはり幼い彼にはきつい言葉だと感じるのだ。

なにも言えないでいると、羅刹は美空と視線を合わせることすらせず、自分の部屋に入ってしまった。

子供たちを連れていった公園で、子猫が襲われそうだといち早く気づいたのはタマだ。

あやかしの世で散々痛めつけられ、さらに呪いまでかけられて〝普通の猫〟にされてしまったタマも、人間の世に逃げてきてカラスに襲われた経験があるからだ。

――羅刹とタマが出会ったのは、羅刹が人間の世に来て三日目のことだ。

羅刹はこちらに来てから、人間界に潜むあやかしに危険がないかを毎日天知眼で確認していた。

その日。西の空に紅緋色の太陽が沈みつつある頃に、一匹の黒猫——タマがカラスに狙いをつけられ逃げ回っている姿を天知眼がとらえた。

そのままでは目玉をえぐられる未来が見えたとき、羅刹は強く意識したのだ。未来を変えなければ。変えられるのは自分だけだ、と。

天知眼を頼りにタマの近くまで行くと、タマの居場所はすぐにわかった。不気味なほど多くのカラスが空で渦を巻くように飛び交っていたからだ。

その中心にいると察した羅刹は足を速めた。しかし、群れの中の一羽が一直線に下降していく。

こんなとき、天知眼と怪力があってもどうにもならないのがもどかしい。

「やめろ!」

間に合わないと察した羅刹が大声で怒鳴ると、驚いたらしいカラスがフワッと浮上していった。

草むらの中で脚を震わせながら威嚇ポーズをとった黒猫を見つけたのはその数秒後。

背後から抱き上げると、カラスと勘違いしたのか大暴れして爪を立てたものの、「大丈夫だ」と話しかけると落ち着いた。

「お前、化け猫だな?」

「ニャーァ」

「俺の前で猫の振りはいい。お前があやかしなのはわかっている。俺は羅刹という。鬼だ」

「羅刹?」

タマは本性を現した。羅刹という名に聞き覚えがあったのだろう。いや、おそらくあやかしで自分の名を知らぬ者などいない。

「そうだ。腰抜けのな」

あやかしの世を逃げ出したことはすでに知れ渡っているはずだ。羅刹が自嘲気味に言うと、タマは首を横に振って口を開いた。

「お前がこちらの世に逃げたことについて批判する者もいる。ただ、わしはそうすべきじゃったと思う。今戻っても、両親の足枷になろう。お前が必要になるときが必ず来る。そのときに戻ればよかろう」

たった今襲われそうになって震えていた化け猫の言葉に、胸が熱くなるとは思わなかった。

「それに、お前はわしを助けてくれた。礼を言う」

偉そうな物言いなのが若干癪に障ったが、この黒猫が自分より百年近く長生きしていることを知ったので納得した。

さらには、人形にならないのは呪いをかけられ、普通の猫にされたからだと聞き、屋敷に連れ帰った。そして、金花があやかしであることは子供たちにも隠し、人間界で猫にありがちな〝タマ〟という名を授けたのだった――。

カラスが頭上に集結し始めたのに気づいた羅刹が立ち上がったとき、タマがすさまじい勢いで走りだした。と同時に、かすかに威嚇するような猫の鳴き声を耳でとらえて、タマが襲われたときと同じ状況なのだとすぐに察した。

カラスが急降下し始めたのを見て、タマも自分も間に合わないと察した羅刹は、とっさに相模に「行け！」と指示を出した。

相模が飛んでカラスを蹴散らせば時間が稼げる。その間に自分が助けに入ればいい。あやかしは皆、人間とはけた違いの力や能力を持っている。幼い相模ですら、カラスごときには負けない。それがわかっていての命令だったが、またもや相模は飛べなかった。

結局、子猫は天に召された。

タマは苦しげな顔をしていたが、すぐに真顔に戻った。これが自然の摂理だと理解していからだ。

強い者は生き残り、弱い者は消される。それはあやかしの世でも同じ。

息絶えた子猫を公園の片隅に埋めようと穴を掘っていると、遠巻きに母猫と四匹の子猫たちが見ていた。

その光景が美空と子供たちと重なり、さすがに胸が痛い。

もし五人のうちのひとりでも欠けたら、自分は正気を保てるだろうか。

羅刹はふとそんなことを考えた。

複雑な思いで屋敷に戻ると、タマと美空が話をしていた。

相模に厳しいことを言い渡している自覚はある。しかし、最低でも自分の身を守れるようになっておかなければ、確実に寿命が縮まる。相模が人一倍怖がりなのは知っていても、どうしても譲れない命令なのだ。それが彼の未来につながるのだから。

こんなとき、美空がいてくれてよかったと思う。彼女はどれだけ疲れていても子供たちに寄り添うことだけは忘れない。

おそらく延々と泣き続けているだろう相模の涙を止められるのは美空だけ。

羅刹はこうしたときにどうしたらいいのか、さっぱりわからない。ここは美空に任せてしまおうと、汚れた服を着替えながら考えていた。

相模の元気は完全には戻っていないようだが、しっかり夕飯を食べさせていた美空は凄腕(すごうで)家政婦だと感心する。

夕食のあとはてきぱきと風呂に入れ、四人がいつも眠る奥座敷へと大移動していた。奥座敷からは「こっちー」「やぁだー」というなにかを争っているような声が響いてくる。おそらく寝る前に読み聞かせる絵本を選択しているのだろう。どれにするか決まるまでにいつも三十分はかかっている。

散々揉める声の中に、やはり相模のものはない。かわいそうにも思えるものの、このまま放置したらいずれ後悔するのが目に見えていた。

そのうち、パチパチパチと手を叩く音が聞こえてくる。ようやく絵本が決まって美空の読み聞かせが始まるのだ。

争っている間にそれぞれが希望する四冊を読めてしまいそうだと思うのだけれど、このケンカも彼らの日課なのだと今は納得している。

やがて美空の話し声がやむと静寂が訪れる。そもそも昼間は走り回り、全力でケンカを繰り返す子供たちは体力の限界で、すぐに眠りに落ちるのだ。

そしてそれは美空も同じ。絵本を最後まで読み終えても、部屋から出ていく様子はない。別の部屋をあてがっているものの、彼女もそのまま眠り込んでしまい、子供たちの部屋が寝室になっている。

一日中子供たちのキンキン声を聞いていると、静かなこの時間はとても貴重だ。

ところが、全員寝静まったと思ったのに障子が開く音がする。そして、廊下をペタペタと小刻みなテンポで歩く足音がした。

おそらく相模だ。眠れないに違いない。

美空があとに続く気配はない。ぐっすり寝入ってしまったのだろう。

羅刹はとある決意を胸に、廊下に出て相模をつかまえた。すると相模は「ごめんなさい。ごめんなさい」と目に涙を浮かべて訴えてくる。

別に悪事を働いたわけではないため、謝られるいわれはない。とはいえ、ここは覚悟を決めて対峙すべきだと腹をくくった。

「相模くん？」

どうやら美空が起きたようだ。

ちょうどいいと思った羅刹は、おびえる相模を脇に抱えて玄関に向かう。

「相模くん、どこ？」

相模を抱えたまま庭の木をよじ登るくらいなんでもない。木から屋敷の屋根に飛び移ると、庭先に出てきた美空を見つけた。

火事のあと、沈んだ相模を庭の木の下で見つけたと話していたので、おそらくそこにいないか捜しに来たのだ。

月明かりに照らされた美空の姿を、震え通しの相模の目もとらえたようだ。

「美空はお前を心配している。俺と違って優しいな」

抱えられたままあきらめたように動かなくなった相模は、顔をくしゃくしゃにして泣き続けている。

「これから、美空に向かってお前を投げる」

「ん」

短く驚いたような声を発した相模は、首を横に振ってかすかな抵抗をする。当然の反応だ。

「美空はお前を必死に受け止めようとするはずだ。だからお前は美空をクッションにして助かるだろう。でも、見ろ。うしろに大きな石がある。あそこに頭をぶつけたら、美空は死ぬかもしれない」

これがとんでもない荒療治だとわかっている。ただ、どうしても踏ん切りがつかない相模には手っ取り早い方法だ。

「や……」

相模は拒否を示しながら暴れ始めた。

――そうだ。そうやって抗え。生きるために必死になれ。そして大切な者を守れるようになるんだ。

美空の罵声は覚悟しながら、羅刹は続ける。

「美空が死ぬも生きるも、お前次第だ」

そう伝えたあと、相模を頭の上に持ち上げる。短い手足をばたつかせて抵抗しているが、鬼はあやかしの中でも怪力なのだ。こんな小さな子が敵うはずもない。

「美空」

羅刹は美空を呼んだ。すると彼女はすぐに気づいて、屋根を見上げてあんぐり口を開けた。

「な、なにして……」

「いくぞ」

動揺して目を真ん丸にしている美空にろくな説明もしなかったが、羅刹が相模を突き落とすつもりだと気づいたようだ。なんのためらいもなく両手を高く上げて広げる。

「なにしてるんですか！　やめて！」

美空がそう叫んだ瞬間、羅刹は相模を投げ落とした。

「嫌！」

美空は必死の形相で叫ぶも、逃げようとはしない。もちろん、相模を受け止めようとしているのだ。

美空まであと数センチ。ひたすら相模を信じて祈っていた羅刹は、ついにその瞬間を目撃した。

相模が天狗の姿に変化し、小さな羽を羽ばたかせて空に舞い上がったのだ。

黒い羽は月明かりに照らされて美しい光沢を放っている。黒装束に身を包み、一本歯下駄をはくその姿は、羅刹が知る大天狗よりずっと小さいが、どこからどう見ても立派な天狗だ。

「あっ……」

羅刹より早く美空が声をあげる。そして緊張で強ばっていたその顔は笑顔になり、そのあとぽろぽろと涙をこぼし始めた。彼女は感情の変化に忙しい。

一旦空を舞った相模は、どうやら飛ぶという感覚が気に入ったらしく、羅刹の頭上を悠々と泳ぐように飛び回っている。

ゲンキンなやつだ、と思いながらも、口元が緩むのを抑えられなかった。

屋根から下りた羅刹を待ち構えていたのは、鬼の形相の美空だ。眉はつり上がり視線は鋭く、鼻の穴が膨らんでいる。

彼女はすぐさま近寄ってきて、いきなり羅刹の胸ぐらをつかんだ。

「ちょっと！　私のかわいい相模くんになにしてくれるの！」

羅刹は、美空が本気で怒るとこういう顔をするのかと冷静に考えながら、どこかで安心していた。育児にてんてこ舞いでクタクタのはずなのに、『私のかわいい』という彼女の言葉がうれしかったのだ。

子供たちをあやかしの世からこちらに連れてきたのは、命の安全を保つためであり仕方がなかった。けれども、両親はおろか知り合いもいないこの世界で、あやかしであることを隠して生き続けていくのはつらいのではないかとも思っていた。

それなのに目の前にいる人間は、驚きはしたものの自分たちがあやかしであることを受け入れ、怖がる様子もなく接してくれる。なにかと世話をし、困ったときには助けてくれる美空に、子供たちも全幅の信頼を寄せているし甘えている。

偶然拾い、最初は食事を作ってもらうのにちょうどいいと思いついただけだったのに、今やこの屋敷になくてはならない存在になった。

「なにって、突き落とし？」

「はぁっ⁉　いい加減にしてよ。飛ばなかったらケガを――」

「飛んだじゃないか」

そう伝えると、彼女はようやく手を放した。

「そう、だけど……。まさか、飛ぶとわかっていてこんなことを？」

「わかってなかったけど？」

飛べるかどうかは羅刹にもわからなかった。ただ、相模が必ず美空を守ると信じていた。

「鬼！」

「鬼だけど、なにか？」

「揚げ足取らない！」

怒りがおさまらない様子の彼女を見ていると、羅刹の口角は自然と上がっていく。

「なに笑ってるの？」

「お前、熱いな」

「熱くもなるでしょう？　なかなか飛べないからって、こんな方法あんまりよ！」

一理あるなと頭の片隅で考えながら、羅刹は口を開く。

「鬼に説教できる度胸があるのはお前くらいだ」

鬼はあやかし界のヒエラルキーでいえば頂点にいる存在だ。ごますりをして寄ってくる者はあれど、こうして面と向かって歯向かってくる者はまずいない。反乱を起こした大蜘蛛が羅刹をさらって閉じ込めたのは、卑怯な手を使わなければ鬼には勝てないとわかっていたからだとタマも盛んに話す。

「しますよ、そりゃ。これからも遠慮なくね！」

「あぁ、そうしてくれ」

そう答えると、美空は毒を抜かれたような表情で固まった。

反論されると思っていたのだろうが、羅刹は大歓迎だ。美空とのやり取りはおもしろく、そして心地いい。彼女の血管が切れそうになっているのだけが少々心配だ。

そんな言い争いをしていると、空を堪能した相模がストンと上手に下りてきた。

たった数分で羽の使い方を完璧にマスターするとは、さすがは天狗だ。

「みしょらー」

人形に戻った相模は、腰をかがめて手を広げた美空の胸に飛び込んでいく。

「相模くん、よかった……。相模くんになにかあったら、私……」

美空が大粒の涙をこぼすので、やりすぎたかもしれないと羅刹は少し反省した。少し、だけど。

「みしょら、みしょらー。好きぃ」

そうだろう。どんなことがあっても乗り越えられなかった壁を、美空を守るために瞬時に克服してみせたのだから。

「私も大好きよ、相模くん」

「お腹しゅいた」

「えっ？」

感動のハグかと思いきや、食べ物の催促。美空は目を点にしたあと噴き出した。

「そ、そうよね。誰かさんのせいでご飯が喉を通らなかったもんね」

美空が嫌みな言葉を吐きながら鋭い眼光を向けてくる。

「うーん。パンがあるからフレンチトースト作ろう。私もお腹空いちゃった」

「太るぞ。……痛っ」

鬼の足を思いきり踏んづけて相模と一緒に玄関に向かう彼女は、やっぱり鬼かもしれない。とびきり優しい、鬼だ。

子猫が襲われてから一週間。美空は再び子供たちと一緒に公園に繰り出した。

カラスに襲われた現場を目の当たりにしたので嫌がるのではないかと危惧していたけれど、子供たちは元気いっぱいだ。

「みしょらー、押してぇ」

ブランコに座った蒼龍はしばらくじっと座っていたものの、とうとうしびれを切らして呼んでいる。

「はいはい、ちょっと待ってー」

美空は返事をしておいて、少し長くなってきた葛葉の髪をゴムで結んだ。一番ワイルドな葛葉だけれど、やはり顔つきは女の子。桂蔵とそっくりではあるもののどこか違う。

「葛葉ちゃん、これでＯＫ。なにして遊ぶ？」

「滑り台行くぅ」

桂蔵が滑る様子を見てうずうずしていた彼女は、あっという間に駆けていった。

ブランコに向かう途中で相模の様子を確認すると、隅のほうで花開いている青紫色のアジサイに気を取られている。

その相模に羅刹が近づいていき、ふたりでどこかに向かった。

「みーしょーらー」

「あぁっ、ごめん。今すぐ」

足を止めてふたりを見ていると蒼龍に叱られた。慌てて駆け寄りブランコを揺らし始めると、蒼龍は「ヒュウー」と風を切る音を真似して大はしゃぎ。

「もっと」

「えー、もっと?」

怖がりの相模とはまるで違うなと思いつつ少し強めに揺らしながら、再び羅刹と相模のほうを見れば、ふたりは大きな木の下にしゃがんで両手を合わせている。

きっと子猫のお墓だ。

あのとき、どうしても飛べなかった相模だったが、子猫の死を無駄にしないように強く生きていってほしい。

そもそも、人間の力ではどうにもならなかったわけで。あの子猫は命を落とす運命だったのかもしれない。一方で羅刹が言うように救える命だった。相模がいてくれたなら。

美空も、倒れたところを拾われてこうして笑っていられる。あやかしといういまだ信じがたい存在の彼らだけれど、助けに来てくれなければどうなっていたのかわからない。

「ビュン、ビュン」

ご機嫌な蒼龍は、楽しげな様子で声をあげている。

「あはは。それは自分のお口で言わなくてもいいのよ」

「みしょら、しょら！」

手を天に向かって伸ばす彼は、空がつかめそうだと言いたいのだろうか。

こんな空を自由に飛び回れる相模って素敵だな。

美空はそんなことを考えながら同じように手を伸ばした。

散々遊んで帰ろうとすると、桂蔵のポケットが膨らんでいるのに気づいた。

「ねぇ、そこなにが入ってるの？　トカゲとかカエルはやめてよ」

「ギリ！」

「ギリって？」

なにを言っているのかわからず首をひねると、葛葉を連れた羅刹が近づいてきた。

「石ってことだろ」

「あ！」

そうか、泥団子をポケットにしまいそうになったとき、『石がギリ』と言ったのを覚えていたんだ。

「石かぁ。よかった」

「みしょらー、石ー」

葛葉が得意げに見せるのは、石にしては小さい。なんだろうと近寄っていくと、顔が引きつった。

「お前それさ、石じゃなくてダンゴムシだぞ」

言葉を失った美空の代わりに羅刹が指摘して鼻で笑っている。

「動く石しゃん」

「石は動かないわよ！」

半べそをかきながら美空がやっとのことで言うと、「ダメぇ？」と葛葉は上目遣いでおねだりモードだ。ワイルドなくせして女子力が高いと感心しそうになったけれど、もちろん「ダメ」と答えた。

すると……。

「うーん。バイバイ」

残念そうな顔をする葛葉はポケットに手を突っ込み、大量のダンゴムシを取り出して地面に置いている。

「いつの間に……。も、無理」

美空が目を白黒させてそう言ったとき、カァー、カァーというカラスの鳴き声が聞こえてきて空を仰いだ。

「また来た」

今日は子猫はいないだろうか。羅刹の話では親猫と子猫がほかにもいたようだったので心配だ。

最初は一羽だったのが二羽三羽とあっという間に増えていき、不気味さを増してくる。そして先日のように上空で渦を巻き始めたので背筋が凍った。

ニャアーという低い唸り声が聞こえてきて、やはりどこかに猫が潜んでいるのだと察し周囲を見回したものの、草のせいでその姿をとらえられない。

「どうしよう」

「相模」

動揺している間に、羅刹が声をかける。すると相模は、瞬時に羽を生やして天狗の姿に変化した。そして一本歯下駄で地面をトンッと蹴って勢いよく飛び上がる。

「大丈夫なの？」

心配でたまらず漏らすと、羅刹が口を開く。

「将来の大天狗さまを見くびるんじゃない。カラスくらいお手のものだ」

羅刹がかすかに笑みまで浮かべるので、気持ちが少し落ち着いた。

カラスの集団の真ん中に堂々たるさまでつっこんでいく相模には、なんの迷いもないように見える。

恐れをなしたのか、列を作っていたカラスが散り散りになった。

「しゃがみぃ、がんばれぇ！」

「やっつけてー」

ほかの三人が首を〝く〟の字に曲げて、相模の様子をじっと見ている。興奮気味に跳びはねながら声をあげているのは、桂蔵と葛葉だ。

「石あげりゅー」

蒼龍に至っては褒美の品まで用意している。

皆、相模がカラスを撃退すると信じているのだ。

手に汗握って見ていると、一旦は分散したカラスが再び集結し始めた。次のターゲットは地上の猫ではなく相模に向いたようで、彼の周りをグルグルと回り始めた。

相模は同じ位置に浮いているだけで逃げる素振りすら見せない。本当に大丈夫なのだろうか。

「相模くん」

両手を合わせてひたすら祈っていると、相模が腰に差してあった羽団扇を手にした。しかしその瞬間、背側にいたカラスが彼に向かってつっこんでいく。

「うしろ！」

美空が肝をつぶしたそのとき、相模は羽団扇をブォンとひと振りした。すると勢いよく炎が噴き出して、突進したカラスは吹き飛んだ。

「すごーい」

「つよー」

「かっこよー」

ヒーローのように相模を称える三人は、パチパチと手を叩く。

もう一度相模が羽団扇を振ると、カラスたちは散り散りになって飛び去っていった。

「カラスは賢い。怖い思いをしたから、もうここには来ないだろう」

羅刹の言葉に、泣きそうになる。

相模はここを住処（すみか）にしている猫の親子たちのヒーローになったのだ。子猫が一匹犠牲になったのは残念だけれど、これで猫たちはもうカラスに怯えて過ごさなくて済む。

地上にストンと下りてきて人形に戻った相模をほかの三人が取り囲んだ。

「しゃがみ、つよー」

「これあげりゅ」

蒼龍が褒美の品の石を献上すると、相模は「あーっと」と満面の笑みで受け取っている。とてもカラスを撃退した天狗には見えなかった。

「よくやった」

羅刹が相模の頭に手を置いて褒めているのが微笑ましい。あんな命がけの荒療治をした張本人のくせして、やっぱり優しいのだ。

さすがに羅刹のやり方には腹を立てたけれど、結果的にこれでよかったのかもしれない。相模は自分を守る術をひとつ身につけたし、他の者を守ってあげるという優しさも手に入れた。

「相模くん、頑張ったね。今日は相模くんが好きなご飯作ろう」

「バナナご飯！」

「はぁっ？」

即答した相模に不機嫌全開の声をぶつけたのは羅刹だ。タマまで「チッ」と舌打ちしている。

「えーっと、バナナご飯はちょっとどうかなー？」

白飯にバナナが混ざっているところを想像するに、さすがに合わない気がしてやんわり無理だと伝える。

とはいえ、パンとバナナは合うし、ご飯もいけるかもしれないと美空が考えていると、強い視線を感じて顔をそちらに向けた。

「な、なんですか？」

「お前がよからぬものを作るからだ！」

羅刹はバナナ餃子を根に持っているのだ。

「だから、あれはデザートです！　バナナでありがたいと思ってください。マスクメロンとかブランドいちごとかしか食べなかったら大変ですよ？」

バナナは安くておいしくて庶民の味方なのに、そんなに毛嫌いしなくても。ただ、がっくり肩を落とした羅刹の気持ちもわからないではない。

「相模くん、ご飯とバナナよりもっとおいしいものじゃダメかな？」

「食べりゅ！」

目が輝いた。作戦成功だ。

「それじゃあ帰ったらバナナのマフィンを作ろう！」

「まふぃ！」

マフィンがどんなものなのかも知らないはずの四人だけれど、抱き合って喜びを表している。

「よかったな。それじゃあ帰りに横道にそれたやつにはやらないから、まっすぐ歩け」

羅刹が偉そうに言う。

自分はバナナご飯を免れただけでなく、マフィン作りを手伝うつもりもないくせして。いつもいいとこどりだ。

美空は複雑だったけれど、子供たちの笑顔が見られるのは幸せだった。

「はぁい！　みしょらー、お手々ー」

今日の相模は少し甘えん坊だ。でも彼が得意げな顔をして小さな手を差し出すのがうれしかった。

「それじゃあおうちに帰りますよ」

「まふぃ、食べりゅ！」

ポケットをたくさんの石と希望で膨らませたあやかしの子供たちは、満面の笑みを浮かべて歩きだした。

かりそめ夫婦の 穏やかならざる新婚生活

親を亡くしたばかりの小春は、ある日、迷い込んだ黒松の林で美しい狐の嫁入りを目撃する。ところが、人間の小春を見咎めた花嫁が怒りだし、突如破談になってしまった。慌てて逃げ帰った小春だけれど、そこには厄介な親戚と——狐の花婿がいて？　尾崎玄湖と名乗った男は、借金を盾に身売りを迫る親戚から助ける代わりに、三ヶ月だけ小春に玄湖の妻のフリをするよう提案してくるが……!?　妖だらけの不思議な屋敷で、かりそめ夫婦が紡ぎ合う優しくて切ない想いの行方とは——

定価：726円（10%税込）

イラスト：ごもさわ

愛憎渦巻く後宮で
武闘派夫婦が手を取り合う!?

自国で虐げられ、敵国である湖紅国に嫁ぐことになった行き遅れ皇女・劉翠玉。彼女は敵国へと向かう馬車の中で、自らの運命を思いポツリと呟いていた。翠玉の夫となるのは、湖紅国皇帝の弟であり、禁軍将軍でもある男・紅冬隼。翠玉は、愛されることは望まずとも、夫婦として冬隼と信頼関係を築いていきたいと願っていた。そして迎えた対面の日……自らの役目を全うしようとした翠玉に、冬隼は冷たい一言を放ち――?

チグハグ夫婦が織りなす後宮物語、ここに開幕!

定価:726円(10%税込み)

Illustration:憂

猫神主人のばけねこカフェ
原作：桔梗楓　漫画：室長サオリ
nc
1~2
NEKOGAMI SHUJIN NO BAKENEKO CAFE.
コミックス大好評発売中！
賽銭箱
待望のコミカライズ!!!
猫カフェで働く美来はある日巨大な白猫を拾う。ただの捨て猫かと思っていたらなんとその猫は人間の言葉を話せる猫神様だった！しかも、もともと美来が飼っていた黒猫まで「実は化け猫の"猫鬼"だ」と喋り出してきた。そんな時、何も知らない父が実家の喫茶店を猫カフェにしたいと言い出してきて……
カフェのピンチもモフッと解決!?
アルファポリスWebサイトにて
好評連載中！
無料で読み放題
今すぐアクセス！
アルファノルンWebマンガ
B6判／各定価：748円（10%税込）

この作品に対する皆様のご意見・ご感想をお待ちしております。

おハガキ・お手紙は以下の宛先にお送りください。

【宛先】

〒150-6008 東京都渋谷区恵比寿4-20-3 恵比寿ｶﾞｰﾃﾞﾝﾌﾟﾚｲｽﾀﾜｰ 8F
(株) アルファポリス　書籍感想係

メールフォームでのご意見・ご感想は右のＱＲコードから、
あるいは以下のワードで検索をかけてください。

ご感想はこちらから

アルファポリス文庫

訳あって、あやかしの子育て始めます

朝比奈希夜（あさひなきよ）

2023年 1月 31日初版発行

編　集－妹尾香雪
編集長－倉持真理
発行者－梶本雄介
発行所－株式会社アルファポリス
〒150-6008東京都渋谷区恵比寿4-20-3 恵比寿ｶﾞｰﾃﾞﾝﾌﾟﾚｲｽﾀﾜｰ8F
TEL 03-6277-1601（営業）　03-6277-1602（編集）
URL https://www.alphapolis.co.jp/
発売元－株式会社星雲社（共同出版社・流通責任出版社）
〒112-0005 東京都文京区水道1-3-30
TEL 03-3868-3275
装丁イラスト－鈴倉温
装丁デザイン－西村弘美
印刷－中央精版印刷株式会社

価格はカバーに表示されてあります。

落丁乱丁の場合はアルファポリスまでご連絡ください。

送料は小社負担でお取り替えします。


ISBN978-4-434-31498-8 C0193